琼 瑶

作 品 大 全 集

昨夜之灯

琼瑶

著

作家出版社

琼瑶，本名陈喆、作家、编剧、作词人、影视制作人。原籍湖南衡阳，1938年生于四川成都，1949年随父母由大陆赴台生活。16岁时以笔名心如发表小说《云影》，25岁时出版首部长篇小说《窗外》。多年来笔耕不辍，代表作包括《烟雨蒙蒙》《几度夕阳红》《彩云飞》《海鸥飞处》《心有千千结》《一帘幽梦》《在水一方》《我是一片云》《庭院深深》等。

多部作品先后改编成为电影及电视剧，琼瑶也因此步入影视产业。《六个梦》系列、《梅花三弄》系列、《还珠格格》系列等，影响至深，成为几代读者与观众共同的记忆。

琼瑶以流畅优美的文笔，编织了众多曲折动人的故事。其作品以对于梦的憧憬和爱的执着，与大众流行文化紧密结合，风靡半个多世纪，成为华文世界中极重要的文学经典。

我为爱而生，我为爱而写

文字裡度过多少春夏秋冬

文字裡留下多少青春浪漫

人世间既然没有天长地久

故事裡火花燃烧爱也依舊

復禄

第一章

　　裴雪珂站在那家举行婚礼的餐厅前，情绪紊乱地望着门口那块大大的红牌子，上面贴着醒目的金字：

　　徐林府联姻

　　她瞪着那金字，即使已经来到了餐厅门口，她还在犹豫着是不是要走进去。看看腕表，已经快七点钟了，六时行礼，七时入席，那么，现在大概早已举行过婚礼了。可是，不，有人出来点燃鞭炮，一串爆裂声夹杂着弥漫的烟雾和火药味向她扑面而来，她才惊觉地醒悟到婚礼刚开始。"迟到"是中国人的"习惯"。她挺直背脊，下意识地深呼吸了一下。进去吧，裴雪珂！她对自己喃喃自语着。这是"徐林"府联姻，轮不到你姓裴的来怯场！徐林府联姻，徐远航娶了林雨雁。林雨雁，雨雁，雨中的雁子，带着凉凉的诗意的名字，带着凉凉的诗意的女孩！林雨雁，林雨雁，你怎么会嫁给徐远航？结婚进行曲喧嚣地响了起来，声音直达门外。哦，这是婚礼。

裴雪珂觉得自己的眼眶不争气地发热了，在这结婚礼堂外掉泪未免太没出息，太丢人现眼了。进去吧，裴雪珂。你应该有勇气参加这婚礼！终于，她推开门，走进了那大厅。立刻，她被喧闹的人声和人潮所淹没了。那么多人，那拥挤的酒席一桌一桌排列着，熙来攘往的男男女女，摩肩接踵地在走道上穿梭、找位子。挂着红绸当"招待"的亲友们，把每位来宾硬塞进每个桌子的空隙中。她举目四望，大家都忙着，似乎没人注意到她的存在。好，她暗中松了口气，希望没人认出她来，希望碰不到熟人，希望找到个安静的位子……老天，希望根本没来参加这婚礼！她低俯着头，用皮包半遮着下巴，挤进了那都是宾客的走道，眼光悄悄地巡视：有了，靠墙角那桌的客人还没坐满，而且，全桌的人都是陌生的。她挤过去，终于，她找到个背靠着墙的位子，她坐了下来。

她总算来了，她总算坐定了。她就干脆抬起头来，去看那对新人了。婚礼正举行到一半，证婚人主婚人都早已盖过章，新郎新娘也早就行过无数三鞠躬了。现在，证婚人正在致辞。什么百年好合相敬如宾的一大套陈腔滥调。裴雪珂努力去看新郎新娘，从她这个角度，只能看到新郎新娘的侧影，两人都低俯着头，新娘那美好的小鼻头微翘着，白色婚纱礼服下，是个纤小轻盈、我见犹怜的身材。新郎在悄悄地注视新娘。该死！裴雪珂咬紧嘴唇，手下意识地握着拳，指甲都陷进了肌肉里。隔得那么远，裴雪珂仍然可以感到新郎那雾雾的眼神里，带着多么炽热的感情，仍然可以看出那眼角眉梢所堆积的幸福。有这么幸福吗？真有这么幸福吗？确实有这么幸福吗？徐远航，这就是你一生里所要的吗？唯一追求的吗？真正渴望拥有的吗？徐远航？真的？真的？

她用手托起下巴，呆呆地、痴痴地、定定地、忘形地注视起新郎新娘来。证婚人冗长的致辞终于完了，一片捧场的掌声响了起来。然后，介绍人说了几句俏皮话，主婚人又说了些什么，来宾还说了些什么……裴雪珂都听不到了，那些致辞全不重要，全是无聊的。她只盯着新郎新娘看。看他们中间那层飘浮氤氲的幸福感，很抽象，很无形，很缥缈……可是，她却看得到！她带着种恼怒的、嫉妒的情绪，去体会他们之间的默契与温柔。温柔，是的，再没有更好的两个字，来形容徐远航浑身上下所披挂的那件无形大氅了。温柔。这么多的来宾，这么零乱的场合，这么喧闹的人声……都不影响他。他挺立在那儿，笃定从容，庄重镇静，而且温柔。

裴雪珂看着，定定地看着，眼里真的有雾气了。

一声"礼成"，然后是震天价响的鞭炮声、音乐声、鼓掌声……一对新人转过身子来，在漫天飞舞的彩纸屑中往休息室走去。裴雪珂本能地往后缩了缩身子，不想让新郎新娘看到她，立刻，她发现自己的动作很多余，新郎新娘彼此互挽着，踩在属于他们两个的云彩上，他们根本没看到满厅的宾客，他们更没有看到缩在屋角，渺小、孤独的她。

新人退下，酒席立刻开始。"上菜碗从头上落，提壶酒至耳边筛。"侍者都是第一流的特技演员，大盘子大碗纷纷从人头上面掠过，落在桌面上。汽水、可乐、果汁、绍兴酒……注满每人的杯子。裴雪珂望着面前的杯子，神思仍然飘荡在结婚进行曲的余韵里。在这一刻，她几乎没有什么思想和意识，只感到那结婚进行曲的音浪，有某种烧痛人的力量，像一小簇火焰，烧灼着她心脏的某一部分，烧得她隐隐痛楚。

"请问，"忽然间，她耳边有个声音响了起来，"你喝什么？汽水？果汁？还是来杯酒？"

她惊觉过来，像被人从梦中唤醒。她回转头，第一次去看身边坐的人。立刻，她觉得眼睛一亮，怎么，身边居然有如此"出色"的一位"人物"！那是一位男士，有很浓密的头发，一张有棱有角的脸，下颏方方的，眉毛黑而重，眼睛很大，眼珠在烟雾腾腾中显得雾雾的，鼻子不高，鼻梁却很挺，嘴巴宽而有个性。他正盯着她看，眼光有些深沉而带点研判性。他并不掩饰自己对她的注意，丝毫都不掩饰，太不掩饰了。她陡地发觉到，自己必然失态了很久，一屋子都是高高兴兴参加婚礼的人，唯独她寂寞。这男士显然已经狠狠地研究过她一阵子了，才会开口和她说话。她为自己的失神有些狼狈，有些不安。不过，她恢复得很快，在陌生人面前，她很能武装自己。"可乐。"她微笑，礼貌地笑，"谢谢你。"

那男士为她倒满了杯子，也礼貌地笑了笑。一面，他为她拿了一汤匙的松子，和两个虾球。

"吃一点吧！"他说，好像他是主人，"结婚酒席很难吃饱。何况，不吃白不吃。""谢谢，我自己来。"她慌忙说。新奇地看他一眼，对于他那句"不吃白不吃"倒很有同感，既来之，则吃之！她对满桌扫了一眼，没有一个熟人，不吃白不吃！她为自己拿了每样菜。转过头，她看他，搭讪着想问他要吃什么，这才发现，他虽然叫她"不吃白不吃"，他自己的盘子里却空空如也。而且，他现在既不提筷子，也不倒饮料，反而慢腾腾地点燃了一支烟，深抽了口烟，他的眼光不再看她，也不看桌面，却直勾勾地、出神地望起前方来。烟雾从他鼻孔中袅袅喷出，立即缭绕弥漫开来。他眼神中有某种专注的神采，使她不得不跟踪他的视线看去。立刻，她微微一震，原来，新郎新娘已换了服装，从休息室里走出来了。

宾客们有一阵骚动，碗筷叮当声搭配着掌声。裴雪珂看着新娘，她换了件水红色长旗袍，胸前绣着一对银雁，下摆上绣着一丛银色芦苇，好设计！裴雪珂几乎想喝彩，怎么想得出来，林雨雁！她把自己的名字暗藏在旗袍中，又包含了"比翼双飞"的意义，而且，那水红色缎子配着银丝线，说不出来的雅致，说不出来的脱俗！再加上，雨雁那颀长的身材，不盈一握的腰肢、窄窄的肩，和那披垂着的如云长发……天！她真美！她的脸庞也美得脱俗，不像一般新娘浓妆艳抹，她的妆很淡很淡。越是淡，越显出她的青春，越是淡，越显出她的娇嫩。她看起来那么年轻，似乎只有十六岁。虽然，裴雪珂知道林雨雁和她是同年生的，今年二十岁。

她很费力才把眼光从雨雁身上移到新郎身上，在林雨雁那清纯灵秀的美丽之下，新郎似乎没有什么特别出色之处。

除了他那份醉死人的温柔。他是酒！他是杯又醇又够味的酒！他浑身都散发着那种酒的力量。酒。裴雪珂苦涩地想着，酒的力量很神奇，从远古到今天，历史的记载上都有酒。酒让人醉，酒让人迷，酒让人喜欢，从古至今，由中而外。酒的力量超越时空，无远弗届。

那对新人姗姗然走过走道，走向远处的首席上去了。裴雪珂终于收回了视线，心里酸酸的、乱乱的。她勉强地集中精神，想起隔壁那位男士来了。回过头，她想说什么，却蓦然发现，他面前的碟子里依然空无一物，而他那深沉的目光，依旧幽幽渐渐地追随着那对新人，沉落在远方的红烛之下。他抽着烟，不停地抽着，把烟雾扩散得满桌都是。他那浓眉底下，专注的眼神里盛载了令人惊奇的寥落。噢！裴雪珂由心底震动。一屋子高高兴兴参加婚礼的人，怎么唯独你寂寞？

冷盘撤下，热炒上场。

热炒撤下，鱼翅上场。

鱼翅撤下，烤鸭上场。

裴雪珂不再研究新郎新娘，她看着隔壁的陌生人。当烤鸭再被拿下去，换上糖醋黄鱼的时候，她忍无可忍地开了口：

"你真预备抽一肚子烟回去？把鸡鸭鱼肉都放掉？"

他收回了目光。好不容易，他看到她了。

"别说我，"他哼了一声，"你也没吃！"

真的。他提醒了她。她盘子里依然只有那几样菜，而且都原封未动。她看看盘子，看看他。看看他再看看盘子，心里有点迷惑，有点惊奇，有点混乱。

"你姓什么？"他忽然问，靠在墙上，伸长了腿，又喷出一口浓浓的烟雾，"你是男方的客人，还是女方的客人？"

"我姓裴，"她爽快地回答，盯着他，"我是男方的客人，你呢？""女方的。"他答得很简短。

"嗯。"她喝了一口可乐，觉得自己一点也不饿，只是口干，想喝水。空气太坏，何况，有人拼命抽烟，想制造空气污染！"新娘很漂亮。"她轻声说。

"不仅仅是漂亮。"他说，一缕细细的烟雾从他嘴中嘘出来，慢腾腾、轻柔柔，若有若无地从人头上掠过去，飘散了。"她很有气质，很纯洁，很细致，很脱俗……只是，她追求的，仍然是世俗的、最平凡的东西！"

"呃。"她怔了怔，有些发愣，她瞪着眼前这男人，老天，这男人的眼光多深邃，多幽暗，多含蓄，又多镇定，在这么多宾客间，他身上怎会有种"遗世独立"的、超越一切的"东西"？这"东西"是什么？何以名之？"高贵"？是"高贵"吗？她不能肯定。唯一肯定的，是他有那种说不出来的吸引人的地方，与众不同的地方。"怎么说？"她追问，不由自主地盯着他那带着抹沉思意味的眼睛，"怎么说？什么是最世俗和最平凡的？""婚姻，"他不假思索地脱口而出，眼光从一对新人身上掠到大厅之中，很快就扫过了满堂宾客，"你看看今天的来宾吧！看看这些人！大家彼此不认识，只为了两个傻瓜要把自己拴在一起，我们就跑来喝喜酒！喜酒！哼！"他从鼻孔中不满地轻哼着。"天下没有比婚姻更无聊的游戏！喜酒，它不一定是个喜剧的结束，很可能是个悲剧的开始！"

"噢！"她有些震动，同时，也有股愤怒与不平从胸中直接地涌出来。她代徐远航和林雨雁生气，怎么会请了这样一位在婚礼上大放厥词，说各种"不吉利"的言语，目中无人而又鲁莽的家伙？"你如果讨厌婚礼，你就不必来参加！犯不着去咒别人！""哦！"他哑然，神色一正，眼光立刻从大厅中收回，集中到她脸上来了。一时间，他的眼神和面容都变得相当严肃，相当正经了。他注视她，再一次，他在狠狠地、仔细地，毫无忌惮，也毫不掩饰地研判她。她觉得自己脸孔上所有的优点缺点，以及情绪上所有的矛盾紊乱……都无法在他的眼光下遁形了。"我并不要诅咒任何人！"他坦白地、认真地说，"我只在讨论婚姻的本身。你太年轻，你还不懂得人生的复杂，你知道……新郎并不是第一次结婚，你是男方客人，当然知道！""嗯！"她哼着，"怎样呢？"

"他离过婚。"他再说。

"嗯，"她又哼了声，"怎样呢？"

他微俯下头，审视她的脸庞。

"这是你的口头语吗？"他问。

"什么？""怎样呢？"他重复这三个字，"你说'怎样呢'像在说口头语。你的眼睛和表情已经同意了我的观点，你只是习惯性地要说一句怎样呢！怎样呢？"他摇头，"没怎样。在结婚证书上盖章不能保障爱情，徐远航应该了解，却一做再做。林雨雁天真幼稚，傻里傻气地披上婚纱……"他更深刻地摇头，"无聊的游戏！""不要随便批评！"她忽然生气了。这陌生人是谁？不论他是谁，他无权在婚礼中贬低新郎。更无权对一个像她这样"素昧平生"的女客谈及新郎的过去历史。太过分了！实在太过分了。何况，徐远航不是魔鬼，林雨雁也不是"误入歧途"的圣女。婚姻是双方面的"捕捉"，徐远航才是林雨雁的猎获物呢！"少为林雨雁抱不平！"她恼怒地说，"她能捉住徐远航，是她的本领，能让徐远航心甘情愿走上结婚礼堂，是她的聪明。在这婚姻里，她有损失吗？她有吗？"

"呃，"他怔了怔，直视她，"你的火气很大。"他率直地说。率直地再问了三个字："怎么了？"

她睁大眼睛："什么怎么了？口头语吗？"

"噢！"他忽然笑了。她愣住了。第一次看到他笑，她必须承认，他的笑容很动人。这个男人，确实很"出色"！她一生中，还没碰到过第一次见面就让她迷惑的男性。"你在生气。"他说，收起了笑容，"从你悄悄溜进礼堂，像个小偷似的溜到这儿坐下，我就注意了你，你一直落落寡合，像你这么……这么……"他深思地要找一个合适的形容词，"这么'出色'的女孩！……"她震了震。出色？唉！他怎能用"出色"两个字来形容她，太"重"了。唉！她喜欢这两字！唉！她是个多么虚荣的女孩，会被一个陌生人打动！唉！她凝视他，他眼中更多添了几许专注。"你不该一个人来这儿！"他继续说。"你在生气，为什么？你在生林雨雁的气。她怎么得罪了你？"他坦率地问，坦率得让人无法抗拒。"因为她嫁给了徐远航！"她不假思索地冲口而出。立刻，她后悔了，把嘴巴紧紧地闭住，她有些慌乱地看着他。怎么了？自己发痴了吗？这句话是不该说也不能说的，何况在"女方客人"面前？她睁大眼睛，心思蓦然间跑得很远。上学期上心理学，教授说言语由大脑控制，见鬼！言语和大脑无关，它由"情绪"控制！他瞪着她，很仔细地看她，好像要读出她这句话以外的故事。她以为他真能读出来，就更加慌乱了。她呆愣愣地坐着，一时间，脑子拒绝去接触眼前这个场面，也拒绝去接触眼前这个人。但是，她知道，时间不会为她停驻，婚礼的每一步骤仍然在进行中。宾客又骚动了，掌声又起了。她突然惊醒过来，发现新娘又换了新装，一件曳地的晚礼服，由大红与金线相织而成，华丽如火。而新郎搀着她，正挨桌敬酒。每到一桌，就引起一阵欢呼叫嚷，眼看着，就要敬到自己这一桌来了。

身边的男士忽然熄灭了烟蒂，很快地，他一把握住了她的手腕："我看，我们在他们来敬酒以前，先溜掉吧！"

真的！完全同意！她立刻站了起来。必须溜掉，必须在这对"新人"来敬酒以前溜掉。否则，她不知道自己那由"情绪"控制的舌头会吐出些什么失礼的句子来。她看了他一眼，在这一瞬间，觉得这位陌生人实在是"解人"极了。他握住她的手腕，带着她穿过觥筹交错、笑语喧哗的人群，小心地为她拉开那些挡路的圆凳，把她一口气带出餐厅，带到街灯闪烁的街头来了。迎着凉爽而清新的夜风，她忍不住深深地、深深地、深深地连吸了好几口气。挺了挺背脊，觉得刚刚的婚礼，像一场灾难，她总算逃离了那灾难现场。她走着，在那铺着红砖的人行道上走着。脚步逐渐放慢了。

"裴什么？"他忽然问。

她一惊，才发现他仍然握着她的手腕，只是，握得很轻，握得很有礼。不，不是"握"，而是"扶"。她回头好奇地看看他，夜色中，他鼻梁上有一道光，眼睛闪亮，街灯就闪在他头顶上，把他的头发都照亮了。他有一头很黑很浓密的头发，那对眼睛……唉！他有对很生动很明亮的眼睛！唉！他真是非常非常"出色"的！

"裴雪珂！"她机械似的回答，"同学们都叫我小裴。"

"还在念书吗？""大二。辅大，大众传播系。"她一股脑儿说了出来，就差报上生辰八字。"裴雪珂，小裴。"他自语似的念着。

她站定了，抬头仰望他，他比她高了一个头，她觉得自己颇为渺小。"你呢？""叶刚。"他直望着她，"树叶的叶，刚强的刚，听过这名字吗？你可能听过！""你是名人吗？"她有些错愕，有些惭愧，她为自己的无知抱歉，"两个字分开，常常听到看到，两个字在一起，不太认得。"他更深地看她，眼底闪烁着光芒。

"没关系，你现在认得我了。"他温和地说，温和而有气度，似乎原谅了她的无知。

"我为什么应该听过你的名字？"她坦白追问。

他站着，背靠着街灯，他的眼光深沉，灯光下，黝黑的皮肤被染白了。他唇边浮起一个古怪的表情，像笑，但，不是笑，是一种近乎苦涩和自嘲的表情。

"因为我们两个一起参加了那场灾难。"他说，他用了"灾难"两字，使她心头一阵悸动，对他而言，那婚礼也是一场"灾难"吗？"我认为，你或者听过我的名字，并不是说你应该知道我的名字。""我还是不懂。"她困惑着。

"认得雨雁的人都知道我。"

"我不认得林雨雁。""你只认得徐远航？""是。"她苦恼地舔舔嘴唇，"你，显然也只认得林雨雁。"

"为什么？""因为——认得徐远航的人都知道我。"

他眉头微蹙，身子僵直。然后，他们重新彼此打量，重新彼此估价，重新彼此猜测，也重新彼此认识……好一会儿，他才哑哑地开口："我们最好都挑明吧！徐远航是你什么人？"

"先回答我，林雨雁是你什么人？"

"你早就猜到了，"他沉声说，"她——是我的——女朋友。"她定睛看他，认真地看他。

"你是说——"她不相信地瞪着他，"徐远航把她从你手中抢走了。""可以这么说。"

她愕然，潜意识里，或者有这种猜测，明意识里，却无法有这种认可。她抬起头，由上到下地打量他，从他那头顶闪光的发丝，一直看到他那踢损了皮的鞋尖。然后，又从他的鞋尖，再看到他的脸。那宽宽的额，平滑，没有皱纹。他有多大？看不出来，她从来就看不出男人的年龄！可是，他还年轻，不会超过三十岁！那宽阔的肩、挺直的背脊、平坦的腹部、长长的腿……她虽看不到他的内涵，起码能看到他的外表。他是优秀的！而徐远航居然把林雨雁从他手中抢走了。徐远航是酒，酒能让人醉，超越时间，无远弗届！

"轮到你了。"他打断她的冥想，"不要这样盯着我看！我输得起！"他挑起眉毛，眼光认真地看着她。

"嗯。"她哼着，"你输得起，我也看得出来。"

"你呢？"他追问，"难道是徐远航的女朋友？"

"不。"她清晰地吐出来，"完全不是！"

"哦？"他疑问道。"不是？"他傻傻地问。

"不是。""那么，你……暗恋他？"

"不是。""不是？"他咬嘴唇……"那么……"

"我是他的女儿！"她更清楚地说。

"什么？"他惊跳着。"不是！"他叫着。

"是！"她有力地回答，"徐远航是我父亲！你既然知道他离过婚，怎么不知道他有个已经念大学二年级的女儿！我从小跟妈妈，所以也跟妈妈姓裴。我反对林雨雁，因为她太小，她和我一样大！我不能接受这件事……""唔，"他哼着，"我也不能接受这件事！别告诉我，徐远航已经有一个像你这么大的女儿！不可能！"

"绝对可能！"她肯定地说，"因为我在这儿！难道你不知道，我爸爸已经四十五岁了！"

他的头往后仰，靠在路边的电线杆上。

"现在，我有些输不起了。"他说。

她站在他面前，凝视他。

他们彼此凝视着。然后，他忽然站直了身子，丢掉了手中的烟蒂。他抬了抬头，挺了挺胸，深呼吸了一口空气，他振作了一下，强作欢颜，他笑笑说："你猜怎么？我想找个地方喝杯酒！"

"哈！"她皱眉，又耸了耸肩，"在刚刚离开酒席之后，你想喝酒？""是。""正好，"她点点头，"我也想找个地方，好好地吃它一顿！"

第二章

　　这家餐厅舒服多了。足足有二十分钟，他们两个什么话都不说，只是埋着头苦吃，两人都吃得很多，他报销了一整容速食，她吃掉了一大盘咖喱鸡饭。然后，他们两人的气色和精神都好多了，裴雪珂再一次证实自己的看法，原来精神上的委顿也受肉体的影响，怪不得害忧郁症的人十个有九个是瘦子。

　　咖啡送来了，咖啡真好，咖啡的香味就有提神和振奋的作用。她机械性地在咖啡杯里丢进两块方糖，倒了牛奶，用小匙搅动着。她注视着那杯里的涟漪和漩涡，不用抬头，她知道他又抽起烟来了，雾缓慢地游过来，和咖啡的热气搅在一起，两种香味混淆着；咖啡和烟，她皱着鼻子嗅了嗅，奇怪，咖啡和烟，这两种香味居然有某种协调，某种令人安宁的协调。"我真弄不懂你，"他忽然开了口，声音不大，却仍然吓了她一跳，"你干吗去参加那个婚礼？我打赌你……父亲，呃，那位徐老先生并不希望你在场来提醒他有多老！幸亏我把你带走了，否则，你预备在那儿干吗？等着喊雨雁一声'妈妈'？"

"不许说我爸爸是老先生！"她挑衅地说，瞪圆了眼睛，"你自己也知道，爸爸不老。他成熟、稳重、风度翩翩。亲切、儒雅，而且温柔。非常非常温柔。他这种温柔气度，使他成为一位国王，他是事业的成功者，情场的成功者。"她瞪着他："你不要输不起！"他回瞪她，喷着烟雾，眼神里有种若有所思的神情。

"你是个矛盾而古怪的女孩！"

"怎么？""你带着满腹怨气去参加那婚礼，你恨你父亲，你恨林雨雁，可是，你也受不了别人骂他们。"

"是，"她直视他，"我受不了。"

他皱皱眉，斜睨她，忽然扑近她，仔细看了看她的眼睛和面庞。"喂，小裴，"他说，"你确定那位徐远航是你父亲吗？你有没有弄错？如果你说他是你的男朋友，我比较容易接受。"

"他是我父亲！"她认真地说，"不过我六岁就离开他了，妈妈和他离婚的主要原因，就是他永远有女朋友，永远受异性的欢迎。妈妈常说，爸爸是不该结婚的，可是，他居然又结婚了！这就是我弄不懂的原因！他大可以和林雨雁交朋友，同居，只要不结婚……"

"雨雁不是那种女孩。"叶刚低沉地说，"她不是。她出身书香之家，有太良好的教养，太多传统的教育，再加上满脑筋奇笨无比的道德观！如果她肯和男人同居，就轮不到你父亲来娶她了！""你在暗示什么？""我不暗示，我明讲。如果我肯娶雨雁，如果我肯和她走上结婚礼堂，也就没有徐远航了！"

"哦？"她转动眼珠，扬起睫毛，"原来林雨雁是你不要的女孩，是你不肯娶的女孩，她无可奈何，想嫁人想疯了，就抓上我爸爸来填空了？"她啜着咖啡，很可爱地去吹散那咖啡杯上的热蒸汽。"叶刚，"她第一次叫这名字，居然蛮顺口的，"你猜怎么？""怎么？""你如果不是阿Q，你就根本没输！"

"解释一下。""阿Q挨了打，就说：'就算王八蛋打我的！老子不爱还手，如果我肯还手……'"

"不必告诉我阿Q是什么，这个我还懂。"他玩着手里的打火机，斜靠在沙发中，眼光幽幽地停在她脸上。"解释下面一句。""如果你不是阿Q，那么，你说的都是真话。因为你不肯娶林雨雁，所以她另外择人而嫁。那么，你输掉了什么？一个你根本不真正想要的女孩？"

他皱起了眉头。"慢点！"他说，"你把'要'和'婚姻'混为一谈了。这是最普通的错误，难道只有结婚，才表示你真正想要一个女孩？"她有些困惑。"难道不是？"她反问。

"当然不是！"他接口，"婚姻是人订的法律程式，是男女两个人彼此签一张随时可以解约的合约。恋爱要签约，表示彼此根本不信任。如果彼此不信任，结婚有什么用？你的母亲曾经是徐远航的太太，对吗？而你，今晚参加了一个婚礼，眼看另一个女孩变成徐太太……哈！"他大大摇头。"瞧！人类多么会用各种方法，把彼此的关系变得复杂！制造矛盾，制造问题，制造痛苦，制造烦恼！你，"他深刻地盯着她，"就是一个例子！""我想，"她舔舔嘴唇，蹙着眉，"我们在谈你，而不是谈我！""哦，是的。"他自嘲地笑笑，"我们在谈我。叶刚失恋记。"

"你没失恋，你没有。"

"我没有？"他反问。"我觉得你没有。""你觉得？"他再反问。语气很认真。

"你……"她扑向他，把咖啡杯推远了一些，她忽然有些热切，热切地想要说服他什么，证明他什么，"你并不真正想要林雨雁吧？你真正想要吗？我觉得……像你这种男人，如果下定决心，真正要一件东西的话，你就不会失去。所以，我觉得，你实在没有失去什么。"

他静静地看她。好一会儿没说话。

"你知不知道，"终于，他慢吞吞地开了口，"你是个非常非常可爱而善良的女孩！"

她的脸孔蓦然间发热了。生平第一次，被一位男士如此直截了当地恭维，使她立刻羞涩起来。而和羞涩同时涌上心头的，还有种微妙的喜悦和满足感。

"你有一些说服了我，"他低叹着，"最起码，你让我觉得比较安慰。我想，在某一方面来说，你是对的……"他侧着头沉思，眼光忽然变得深不可测，变得凝重，变得遥远起来。"我大概从来没有真正要过林雨雁。"

"我想……"她羞涩而直率地接口，"你这个人有些古怪，你大概没有真正要过任何女孩吧？"

"叮"的一声，他手中的打火机掉到地上去了。他弯下身子，去拾起打火机。等他再直起身子的时候，他脸上整个的线条都变了。他的眼光倏然冷漠，嘴角向下垂，露出唇边两条深深的纹路，他的眉头蹙着，眉心竖起了好几道刻痕。他的眼睛在灯光的照射下，变得灰蒙蒙的，眼珠不再乌黑，而转为一种暗暗的灰褐色。他的背脊挺得笔直，脸色里的温暖、真挚，和那种一见如故的热情，突然之间，就消失得无影无踪了。不知为了什么，像有个铁制的面具，朝他当头罩下，他忽然武装起来了。全身全心都武装起来了。他开了口，声音冷冷的如冰铁铿然相撞："你想干什么？对一个陌生人追根究底？你一向都这么有兴趣研究初认识的人吗？你不觉得你太随和，随和得过了分吗？"她如同挨了一棍，睁大眼睛，她不信任地盯着他。他说些什么？他怎能在前一分钟赞美她，立刻又在后一分钟羞辱她！他怎么如此易变、易怒，而又难以捉摸？陌生人，是的！这是个她完全不认识的陌生人！她居然跟他走出一家餐厅，再走进另一家餐厅？她是太随和了！太容易相处了！随和得近乎随便了！她顿时就涨红了脸，鼓起双颊，她从座位上直跳起来，跳得那么急，差点打翻了咖啡杯。她拿起手提包，一语不发，转身就要往外走。他跟着跳起身子，说：

"你吃饱了？要走了？"

她收住脚步，讶然看他。难道他以为她要骗他一顿吃喝吗？世界上怎有如此可恶的人呢？她劈手就去抢他手里的账单，怒气冲冲地说："我们各付各的账！""悉听尊便！"他淡淡地说，让开身子，让她走在前面，一副冷漠、傲慢、高高在上的样子。

他是什么人？自大狂？疯子？阿Q？混账！

她咬牙，抬高下巴，直冲到柜台前面。他跟了过来，拿账单看。他们很认真地分清楚账，各人付了各人的。那柜台小姐一直好奇地看着他们，又好心地笑着，大概以为他们是一对正在吵架的情侣。倒霉！真倒霉！她想着，参加什么倒霉婚礼！遇到什么倒霉人物！她真想对那柜台小姐大叫：我根本不认识这个神经病！可是，不认识，你却跟他有说有笑又吃又喝了啊！冲出了餐厅，夜风又温柔地卷过来了。台湾初秋的夜，是标标准准的"已凉天气未寒时"。这种夜，是属于年轻人的，这种夜，是属于知己和情人的。可惜她身边站着个神经病！神经病！是的，她回头看，那神经病真的在她身后跟着呢！低垂着头，他神思不属地跟着她，脸上的冷漠已不知何时消失了，他半咬着唇，沉吟不语。有份难解的沮丧和落寞感，压在他肩上，堆在他眉端，罩在他全身上下，涌在他眼底唇边。就这么走出餐厅的一瞬间，他又变了，变成另一个人了。她瞪他一眼，没被他的外表蛊惑，她恼怒地嚷："你跟着我干什么？不会走你自己的路吗？"

"噢！"他好像大梦初觉，抬起头来，他看了看她，眼光是深切而古怪的。然后，他硬生生地转过身子去，硬生生地抛下一句话来："那么，再见！"

他背对着她的方向，大踏步地向那夜雾弥漫的街头走去，身子有些僵硬，脚步有些沉重。街灯把他的背影长长地投在地上，越拉越长。这街灯、这夜雾、这背影，烘托出一种难绘难描的气氛：有些孤寂、有些苍凉。

她站在那儿，目送着他的背影发怔。奇怪，刚刚她真恨死他，恨死他那突发的刻薄和莫名其妙。现在，她却觉得有些同情他，同情他那突发的刻薄和莫名其妙。好一会儿，他的人已经走远了，她才回过神来。叹了口气，她被他那种萧索、落寞和苍凉所传染，忽然就觉得有说不出的孤独、说不出的惆怅、说不出的苦涩和迷惘。她开始沿着人行道，慢吞吞地往前走。走了不知多久，她听到背后有脚步声，她本能地一回头，叶刚刹住脚步，定定地停在她面前了。眼光直直地望着她。"我追过来，告诉你两句话。"他说，声音哑哑的、温柔的，像夜风。她睁大眼睛，瞪着他，不说话。

"第一句，我很抱歉。我并不是安心要让你难堪，我突然间不能控制自己，你必须了解，你很好。"他眼光温柔如水。"今晚，我很失常，表现恶劣，那都是……"他顿了顿，"那个婚礼的关系。"她继续看着他，有些被感动了，心里有某种柔软的东西在悸动，但她仍然固执地沉默着。

"第二句，我很高兴认识你。"他停了停，眼底掠过一丝近乎苦恼的、挣扎的、矛盾的神色。他吸了口气，勉强地微笑："我们绝对是来自两个不同的世界，却在同一个婚礼中遇到了，我有我的失意，你有你的不满。总之，在目前这一瞬间，我们绝对有相同的落寞感，对不对？"

她闪动睫毛，眼眶微润，仍然不开口。

"所以，第三句……"

"你说……只有两句话！"她忍不住开了口，心里已完全软化了。他那突发的刻薄，他那突发的神经病，都不重要了。重要的只是这一刻的感觉，这种"相逢何必曾相识"的感觉。

"我说过只有两句话？"他愕然地问，愕然得有些夸张，很可爱的夸张。"嗯，瞧，我今晚语无伦次，对数位都算不清了，亏我还是学电脑的！""电脑？"她好奇地重复了一句，电脑是很遥远的东西、很陌生的东西。"电脑，比人脑好一百倍的东西。"他说，"电脑是机械化的，没有人脑的感性，也没有人脑的痛苦。它不会自己给自己找麻烦。""哦？"她的眼睛睁得更大了，有些天真，"可是，电脑还是要人脑操纵。""唔，"他哼着，笑意堆在唇边，"你真是个很烦人的女孩子，反应又快，说话又直率。好了，不管我说了几句话了，我追回来，主要是来告诉你，现在才只有九点钟。我们各回各的家，可能都有个很不好受的漫漫长夜。我想逃避，你呢？"

她点点头，被动地看着他。

"那么，去音乐城，好吗？"他小心翼翼地问，"那儿可以跳舞，可以听音乐。我们不必再谈什么，如果你认为我是阿Q，是疯子，是神经病，是喜怒无常的自大狂，是什么都没关系！我们去跳舞，让我们暂且忘记一些该忘记的事！"

她惊讶地看他，这是什么人？他会阅读别人的思想吗？"读心人"，一本翻译小说的书名。读心人！这个人也是读心人！他读出她心中暗骂他的各种名词。可怕！

“怎样？去吗？”他再问。

去吗？当然要去！哪怕以后再不相见，仅仅为了打发这个落寞而惆怅的夜，仅仅为了这相遇的缘分，仅仅为了他去而复返的一份诚意，仅仅为了他说了一句话、两句话、三句话、四句话……这么多句话，也值得去的！值得去的！

于是，他们去了音乐城。于是，他们跳了一个晚上的舞。于是，他们也一起笑了，一起乐了，一起忘了一些该忘的事。总之，他们在音乐声中，灯光之下，度过了一个安详、温柔，带着点淡淡的忧伤、淡淡的哀愁、淡淡的酒意的夜晚。

那夜晚还带着点浪漫气息，淡淡的浪漫气息。

第三章

很多很多日子以后，裴雪珂还是常常记起那个夜晚。但是，时间的轮子不停不停地转，生活总是那样单调而规律地滑过去。叶刚从她生活中消失了，本来，那晚他们就知道，彼此之间既没有过去也没有未来。因为，他们的认识太意外，关系太微妙。他们谁也不想去制造未来。

那晚的一切都成过去，居然没有再演变出下一章。裴雪珂偶尔想起来，也会有点异样的感觉。那晚，他们交换过姓名。他还曾送她回到公寓门口。虽然他没有追问她住几楼几号和电话号码，可是，如果安心想探索她的一切，实在是太容易太容易了。可是，他没有去探索，也没有去发展。

叶刚，这个名字在裴雪珂的生命里逐渐淡化，在记忆里也逐渐淡化。大学二年级的生活，是那么丰富的，那么多彩多姿的，那么忙碌而又那么充实的，那么充满了梦幻又充满了理想的，她忙着，忙着，忘了叶刚。

雪珂和母亲住在一栋大厦的六楼，是个小单元，三十几平方米的房子，母亲早出晚归地上班，是个标准的职业妇女，最体贴解人的母亲。雪珂下课回家，常和母亲抢着做晚餐，母女共餐的一刻，是每日最温馨的时间。裴书盈——雪珂的母亲——人如其名，带着满身的书卷味，满心的关怀，细细倾听雪珂述说学校中种种趣事，同学们种种宝事，教授们种种怪事，生活中种种驴事……听的人含笑，说的人含笑，日子就在甜蜜中流逝。当然，雪珂每个月总抽一天去和父亲共进晚餐，这是六岁以来就持续的习惯，是彼此的权利和义务。但是，徐远航再婚后，这聚餐只维持了两三次就不再继续了。雪珂的理由是："我不知道怎么称呼林雨雁，什么都变得怪怪的！我就受不了这种怪怪的气氛！"她不再和徐远航吃饭，彼此变成了电话联络。父女的血缘关系最后就靠一根电线来维持，生命是奇妙的！

　　生命真的是奇妙的，尤其，在唐万里闯进了雪珂的世界以后。唐万里！唐万里是大三的同学，在学校里一直是风云人物。他没有一八〇的身高，看起来似乎超过一八〇，因为他两条腿又瘦又长。皮肤被太阳晒得又红又黑，游泳池里是把好手，游起泳来活像落水大蜘蛛，长腿长手在水里乱划乱伸，居然游得飞快。他并不漂亮，下巴太方，嘴巴太大，又戴了副近视眼镜。但他生来就有种滑稽相，能言善道，会让人开心。他又会弹吉他、作曲、唱民歌，常常上电视，综艺一〇〇里也曾露相。而且，他写得一手好文章，最擅长打油诗，会骂教授，会作弊，也会考第一名，每年拿奖学金。学校里每次演话剧，他一定参加演出，总是演配角，也总是把主角的戏吃得干干净净。唐万里是个人物。全校都知道唐万里是个人物，他身边也没少过女孩子。只是他外务太多，年纪太轻，他对谁都定不下心来。裴雪珂从进大一就认识他，却从没把他放在心上。他看裴雪珂，也像看万家灯火中的一盏小灯，从不觉得它特别亮。但是，人生许多事，都可能在某日某时某个瞬间有了变化，尤其是男孩和女孩。事情的起源是学校突然要考游泳。这时代的男女青年，大概十个有九个半会游泳，裴雪珂偏偏就是那半个不会的。不会游泳不说，裴雪珂对游泳还视为畏途。体育要考，她就吓呆了。她最要好的女同学郑洁彬游泳、打网球样样精，笑着对她嚷嚷："怕什么怕！你只要买件游泳衣换上，走到游泳池里去泡泡水，我包你就一定'过'！这年头，没听说念文学院的人会因为游泳而留级！""过"是"及格"的代名词，自从念大学以后，大家只问功课"过"不"过"，不问"好"不"好"。

"真的？"雪珂担心极了，"如果不能过，连重修都不行呢！"

"真的！真的！"郑洁彬一迭连声喊，"体育老师不会刁难我们，不信，你问阿光！"

阿光是三年级的男生，和唐万里他们是一伙的，也是弹吉他唱民歌的好手。早就通过了游泳考试。

"裴雪珂，"阿光一本正经地问，"你会不会洗澡？""要命！"裴雪珂笑着，"谁不会洗澡？"

"只要会洗澡，就一定过！"阿光说，"你穿上游泳衣，就当是去澡盆洗澡，走进游泳池，伸伸手伸伸脚就可以了！只是，千万别擦肥皂！"大家大笑，雪珂也大笑。

好，就当是洗澡！考游泳没什么了不起！反正只要泡泡水，就一定"过"！于是，到了考试那一天。

游泳池边挤满了同学，本来男生和女生是分开考试的，但那天是周末，天气又热，很多不考试的同学也来戏水。于是，池边男女同学、高班低班的都有。体育老师要考试，一些在戏水的同学就让出游泳池，坐在池边旁观，这些旁观者中，阿光和唐万里都在。还有唐万里的一群死党、阿文、阿礼、阿修。裴雪珂换上了一件新买的游泳衣，妈妈去买的，要命地好看，黑底上镶着桃红及粉紫色的边。裴书盈只管给女儿买件漂亮的游泳衣，可不管女儿会不会游泳。雪珂排在一群同学间，眼看每个同学都轻松地跃下水，轻松地划动，轻松地笑着闹着，"轻松"地就过了关。她不知怎么，越来越紧张，越来越手足无措。终于，轮到她了。她在池边一站，看到了浮动的水波，头就晕了。别说下水，还没下水，她两腿就在发抖，站在那儿，她瞪着池水，动也不动。突然间，她觉得周围变得安静了，突然间，她觉得池边所有人的眼光都向她投来，她成了注意力的焦点。她有些焦灼，有些纳闷，看看同学，再看自己，她忽然明白大家为什么紧盯着她看了。太阳下，大家的皮肤都晒得红红褐褐，唯独自己，一身细皮白肉，在黑色泳装下，白得出奇，白得刺目，白得引人注意。她一急一窘，脸就涨得绯红，站在那儿，她偏偏还不敢下水。"跳下去啊！"体育老师喊。

她发抖，不敢跳。有个同学吹口哨，她更窘了，更怕了，更羞了，脸更红了。"好了，"老师在解围，"扶着栏杆，走下去吧！"

走下去吧。她如释重负。抓着栏杆，她一步一步地挨近了水里，和洗澡一样？见鬼！哪有这么大的洗澡盆啊，水波在她胸前推涌，澄蓝的水，看得到池底，看得到自己的腿，她浑身发抖，用手指死命攀着游泳池的边缘，像个雕像般，她再也不肯移动一步了。"放开手，游一游啊！"老师说。

她不动，死也不放手。

"只要游一游。"老师再说。

她仍然不动。池边一片寂静。空气紧张起来，她把整个原来轻松活泼的气氛都弄僵了。她挺立在水里，穿着那件漂亮透顶的游泳衣，一身吹弹得破的细皮白肉，站在蓝色的游泳池里，像化石般动也不动。每个人一生或者都会碰到一些窘事，对裴雪珂而言，没有任何一个下午比那一刻更漫长，时间停顿，地球停顿，连树梢上的鸟都不叫了，风都不吹了，万物静止，只有她站在水里发抖。然后，忽然间，"扑通"一声，有人飞跃入水。雪珂惊悸着，昏乱着，感到水波的浮动。然后，她看到有个人向她飞快游来，蹿出水面，那人站立在她身边了，是唐万里！

"来！"唐万里盯着她，眼光是温和的、鼓励的、带有命令意味的。他把双手伸给她，简简单单地说："把你的手给我！"

她睁大眼睛，被动地看着唐万里，水珠在他头发上、额上、鼻尖上闪着光，每颗水珠都被太阳映得亮晶晶的。他的眼睛也是亮晶晶的，闪耀着青春的光彩。在那一刹那，她觉得自己被催眠了，她被动地放开了紧攀着池沿的手，被动地望着他，被动地把自己的手交给他。于是，立刻，那双手把她握住，轻轻一拉，她就整个人栽进了水里。她还来不及意识到发生了什么，就感到那双手已挣脱开去，而从她的腰部，把她的身子稳稳地托向水面。她这一栽，头发也湿了，脸孔也沾了水。而她耳边，唐万里在轻声低语：

"动一动你的手，随便做个样子，放心，我决不会让你喝水。"她被动地动了手脚，事实上，不动也不成。整个身子被托在水面，水在身下波动荡漾，她也不可能完全不动。她才一动，唐万里就胜利地大叫了一声："老师！她游了！"

阿光在池边附和着大叫：

"老师！她游了！她会游了！"

阿文、阿礼、阿修鼓起掌，更大声地吼着叫着：

"老师！她会游了！她会游了！"

更多的掌声、欢呼声、喝彩声、叫声：

"她会游了！她会游了！老师，给她一百分！老师，给她一百分！"

老师笑了，同学笑了，大家都笑了。尴尬解除，紧张解除，青春的好处在于大家都爱笑，大家都有默契。于是，她的游泳课"过"了，她的生命里，也从此多了一个角色：唐万里。哦，唐万里，那个长手长脚的大男孩，那个会说会笑的大男孩，那个会唱会闹的大男孩！那个肯干肯做的大男孩，那个充满活力的大男孩，那个会带给你无穷尽的欢乐的大男孩！游泳课以后没多久，唐万里曾经一本正经地对她说：

"我小时候也拒绝游泳，因为我是畸形。"

"你是什么？"她诧异地问。

"畸形。"他一本正经地说，"我的手脚特别长，你看，不成比例。"他站起来，弯着腰，双手伸直在面前，晃呀晃的，像只猴子。"小时候，同学都笑我，我就自称为刘备转世投胎。"

"什么？""刘备啊！"他笑嘻嘻地，"你没看过三国演义，那刘备生得一表人才，他双手过膝，两耳垂肩！我和刘备差不多，只是耳朵略短。"她忍不住笑了。他盯着她说："我游泳很难看。""我知道，大家说你像落水蜘蛛！"

"你知道你像什么吗？"他镜片后的眼睛闪着光。"我……"她涨红了脸。"像什么？"她问。

"像你的名字：雪珂。珂字代表的是玉，雪珂是一种白色的玉，纯白如雪，皎洁如玉。你站在那儿，美得就像一幅画。"他继续盯着她，"有这么好的身材，你怎么会怕游泳？"

她凝视他，不相信他说的是真话，但是，那水池里的窘态，却被他这几句话给美化了，她的自卑，也被他这几句话治好了。接连一个月，她天天下课后跟他学游泳，期终考的时候，她的游泳已经货真价实，游得相当相当好了。

就这样，她和唐万里突然接近了，突然成了一对儿，突然就一起办壁报，一起去采访，一起演话剧，也一起参加各种校外活动了。晚上，她和唐万里去看电影，假期，她和唐万里去山边、水边。生活忽然就忙碌起来了。

唐万里是个忙人，他有那么多活动，那么多兴趣。平常，在学校里，他就有个绰号叫"七四七"。一来因为他名字叫"万里"，能飞万里，不是七四七是什么？二来因为他做事的冲劲干劲，用火车头形容还不够，只能用七四七来形容。三来，因为七四七是飞机，总在空中飞行，生活的一半，是在云里雾里。唐万里确实在云里雾里，连带着，把他身边的人也带进云里雾里。他去电视台上节目，裴雪珂在台下当来宾。

他参加摄影比赛，裴雪珂是他的模特儿。

他设计了一套卡通片，裴雪珂忙着帮他着色。

生活并不单调，唐万里永不让人感觉单调。那个学期快结束的时候，同学们已经把他们配了对了。寒假，有一天，唐万里忽然从云里雾里落到地面上，发现身边的裴雪珂了。他用新奇的眼光看她，正色问她：

"裴雪珂，你以前恋过爱没有？"

裴雪珂怔了怔，回答："没有。你呢？"

"好像也没有。""什么叫好像？""我常常为女孩子动心，我不知道动心算不算恋爱。"他想了想，"应该不算，对不对？恋爱是双方面的，是很恳切很强烈的……"他凝视她，突然冒冒失失地冲口而出："你爱我吗，雪珂？"她呆住了。大半个学期，她跟他玩在一起，疯在一起，却从没考虑到"爱"字。她无法回答这问题，她有些茫然、有些困惑、有些迷失。"你呢？"她反问。他用手摸摸她的头发，摸摸她的下巴，摸摸她柔软而干燥的嘴唇，他低声说："我没爱过，不知道什么叫爱。我不敢轻易用这个字，怕我会糟蹋了这个字。我以前交过好多女朋友，我也没用过这个字。现在，我还是不敢用它。雪珂，我不知道，我和你一样，很迷失很困惑。只是，我想告诉你，和你在一起的这段日子，我很充实，很快乐。我想说……"他闭了闭眼睛，虔诚得像祈祷："让我们一起来试试，好不好？"

于是，他轻轻地拥她入怀，轻轻地拂开她面颊上的长发，轻轻地捧住她的面颊，再轻轻地把嘴唇压在她的唇上。她战栗着，心跳着，脸红着，羞涩而慌乱着……一吻既终，她慌乱得几乎没有感觉，轻扬睫毛，她从睫毛缝里偷窥他，发现他也涨红着脸，满脸的紧张和不知所措，他的样子很滑稽，除了滑稽之外，还有种令她心动的傻气和纯洁。她立刻知道了，活跃的唐万里，会弹会唱的唐万里，被同学崇拜的唐万里……居然没有和女孩接过吻！她的心欢唱起来，在这一瞬间，她可以体会出"幸福"的意味了。她偎进他怀里，把面颊埋在他胸前的学生制服中，一动也不动。那个寒假，他们就腻在一块儿，白天，一起去游山玩水看电影。晚上，他坐在灯下，对她弹着吉他，对她唱着歌，一遍又一遍地唱着：

> 我不知道爱是什么？
>
> 我也不想知道它是什么？
>
> 我只知道有了你才幸福，
>
> 我只知道有了你才快乐！
>
> 听那细雨敲着窗儿敲着门，

我们在灯下低低谱着一支歌，

如果你不知道幸福是什么，

且听我们细细唱着这支歌！

……

是的，那个冬天，幸福几乎就在裴雪珂的口袋里装着了。几乎就在那灯下坐着了。几乎，几乎，几乎。

如果，裴雪珂不再碰到叶刚，如果裴雪珂不再卷进林雨雁的家庭里，如果裴雪珂不再和父亲见面，如果裴雪珂没有一个父亲叫徐远航……如果有那么多如果，裴雪珂就不是裴雪珂了！人生的故事都是这样的。

第四章

　　三月农历年已经过去了。年节的气氛还逗留着。裴书盈始终没收掉客厅里的糖果盘，瓜子、桂圆、牛肉干、巧克力都还把盘子装得满满的。每天傍晚，她下班回家，总喜悦地看到雪珂带着她那长手长脚的男朋友唐万里，抱着个糖果盘猛吃。二十来岁就有这种好处，怎么吃都不会胖。雪珂是健康的，不胖不瘦的，那腰肢始终就窄窄小小，不管穿裙子还是穿牛仔裤，都是动人的。哦，母亲，这就是母亲，在一个母亲的眼光中，雪珂实在是美好的，美好得让人疼爱又让人骄傲的。

　　三月是杜鹃花的季节，街上的安全岛上开遍了杜鹃花。受了这春天的感染，裴书盈也买了好多盆杜鹃，放在阳台上，放在客厅小茶几上，放在自己卧室里，当然，也绝不会忽略雪珂的卧室，她把一盆最好看的复瓣洋杜鹃——粉红色镶着白边，娇嫩得似乎滴得出水来——放在雪珂的梳妆台上。雪珂，每提起雪珂，每看到雪珂，裴书盈都会在那种悸动的母性胸怀里，去惊颤而喜悦地体会着生命延续的神奇。真的，这是神奇的：雪珂遗传了书盈的纤细，遗传了徐远航的热情，她把两个人身上的精华聚集于一身，高雅美丽，而且冰雪聪明。

裴书盈不知道别的母亲，会不会像她这样"迷恋"女儿。但，她总觉得自己的女儿强过了别人的。那么优秀，那么文雅，那么善解人意，那么那么可爱而动人。她在雪珂身上，常常惊叹地看到自己的影子；有时温柔，有时固执，有时欢乐，有时悲哀，有时心眼又窄又小，有时又完全心无城府。

"妈！"雪珂常常睁大眼睛说，"电影有新艺综合体，你知道吗？""知道啊！""我是矛盾综合体！"她笑着，笑得近乎天真。

"什么叫矛盾综合体？"

"集各种矛盾于一身！"她夸张地说，"好啦，坏啦，爱啦，恨啦，聪明啦，愚笨啦，快乐啦，悲哀啦，多愁善感啦，欢天喜地啦，想得太多啦，想得太少啦……哇，妈，我是个矛盾综合体。"书盈笑了。矛盾综合体，对，雪珂是个矛盾综合体，一个可爱的"矛盾综合体"。

是春天的关系吗？是人老了吗？书盈觉得自己的心一年比一年变得更柔软，更慈爱。有时，几乎是软弱的，也几乎是寂寞的。这种情绪，是雪珂无法体会的。雪珂总认为，所有的"故事"都是年轻人的，四十岁的女人已成古董，该收到阁楼里去了。有一晚，雪珂大惊小怪地对她说：

"妈，如果你打开一本小说，发现它在写三姐妹的故事，大姐五十三岁，二姐四十七岁，小妹妹四十岁。这本书你还看得下去吗？"这就是雪珂。她那么多情善感，那么肯用心去体会人生，那么细致而深刻，她依然无法以她二十岁的年龄去接触四十岁的心灵。书盈不怪她，这是自然，她从没有经历过四十岁，不会了解那种年华将逝、岁月堪惊的敏感，更不会了解属于裴书盈那份"新酒又添残酒困，今春不减前春恨"的情怀。

裴书盈不会要求雪珂什么，她从不要求雪珂什么。自从和远航分手，她就觉得对雪珂有某种歉意，破碎的家庭对孩子总是缺陷。尤其，当她发现雪珂对远航那份感情，那份崇拜与依恋之后，她就更加歉然了。母亲，毕竟不能身兼父职，母亲是纤细女性的，父亲才能满足一个女儿的英雄崇拜感。

裴书盈知道雪珂为了那个婚礼，消沉过一阵子。但，雪珂又在别处找到了她的英雄。这样也好，这样也好。书盈以她的母性，敏锐地观察过唐万里，以她的女性，更深刻地观察过唐万里。她接纳了这孩子，心底唯一亮起的红灯是"太年轻"。年轻往往会造成很多错误，她嫁给远航的时候才十九岁。不过，她没有做任何表示，唐万里或者不够英俊潇洒，但他的的确确是优秀而迷人的，尤其他那颇富磁性的歌喉。她真喜欢听他用自编的"民歌"（为什么学生歌曲偏偏叫"民歌"，搞不懂！）低低柔柔地唱：

听那细雨敲着窗儿敲着门，

我们在灯下细细谱着一支歌，

如果你不知道幸福是什么，

且听我们低低唱着这支歌！

让那孩子幸福吧！四十岁的女人没有故事，四十岁女人的故事都写在子女身上。这天，下课以后，雪珂发现家里的杜鹃花开了。她从不知道杜鹃花有这么多的颜色：客厅里是大红的，阳台上是金黄的，自己卧室里是粉红的，母亲房里是纯白的。杜鹃，嗯，她在房里跑来跑去，到处找尺找铅笔找刀片找绘图器，要画一张广告海报。唐万里盘膝坐在地板上，只管调他的吉他弦，两条腿盘在那儿还是显得占地太广，雪珂好几次要从他腿上跨过去，他就举起吉他大声喊叫：

"不许从我身上跨过去！会倒霉的！"

怎么有这些怪迷信？二十岁的世界里有时也有上百岁的迷信。有天，书盈发现两个年轻人猛翻一本姓氏笔画学，为了给合唱团取名字。取名字前居然要算笔画是否大吉大利。

"杜鹃，"雪珂嘴里在喃喃自语，"杜鹃口香糖，怎么样？"雪珂忽然问唐万里。"少驴了，没有人用杜鹃当口香糖名字，"唐万里说，"怪怪的！""怪怪的才好呀！"雪珂说，"这叫出奇制胜！"

学校里正在教广告学，雪珂主修电视广告，整天把广告句子背得滚瓜烂熟。"我问你，七七巧克力不是也很怪吗？琴口香糖不是也怪吗？你知道梦十七是什么？"

"是一支歌！"唐万里叫着。

"去你的，是一种化妆品！"

"好吧！你就制作你的杜鹃口香糖！我帮你想广告句！"唐万里歪着头，拨着弦，顺口念着，"杜鹃有红也有白，杜鹃有黄也有紫，吃片杜鹃口香糖，包你马上翘辫子！"

"什么？"雪珂大叫，扑上去抓着唐万里的胳膊乱摇乱晃，"你说些什么鬼话！""吃了你的杜鹃口香糖，不中毒中得翘辫子才怪！"唐万里笑得跌手跌脚，连鼻梁上的眼镜都摇摇欲坠。他笑得那么开心，那么爽朗，使雪珂也忍不住跟着笑起来，两人笑得在地板上打滚。然后，唐万里推开雪珂，正色说："别闹我了，我们巨龙合唱团下星期六要上电视，让我编好这个谱！"他拨着弦，又哼哼唧唧起来。雪珂在地板上铺了一张大图画纸，趴在地上猛研究她的"杜鹃口香糖"。唐万里编谱显然编得不太顺利，一会儿，他就放弃编谱，在那儿唱起歌来了。唱《龙的传人》，唱《秋蝉》，唱《今山古道》，唱《归人，沙城》。

> 细雨微润着沙城，轻轻将年少滴落，
> 回首凝视着沙河，慢慢将眼泪擦干……

雪珂无法专心做功课了，她趴在地上，用手支着下巴，转头瞪视着唐万里。"唐万里，我问你！"她正色说。

"什么？"唐万里回头看她。

"这支《归人，沙城》啊，实在很好听，"雪珂说，"但是，它到底在说些什么？轻轻将年少滴落，怎么滴落呀？我就搞不懂这些文字，你一天到晚唱，也解释给我听听看！""唔，嗯，哦，"唐万里连用了三个虚字，耸耸肩，"歌词是只能意会，不能言传的！"

"不行！"雪珂固执地说，"你把意会到的，讲给我听听看！"

"好！"唐万里点点头，很严肃的样子，"这支歌很苍凉，把'年少'的无奈全唱出来了。"

躲在卧室里的裴书盈坐不住了，只知道有"年老"的苍凉和无奈，竟不知道年少也有苍凉和无奈。她悄悄站起身子，悄悄走到房门口，悄悄注视着那对年轻人，倒要听听他们的解释。"细雨微润着沙城，表示天气凉了，下雨了。"唐万里仔细地说，"这你一定懂。年少表示年纪很轻，年纪很轻就是年龄还小，年龄还小就是还没长大……"

"好了，好了，我懂什么叫年少。"雪珂不耐地打断他，"然后呢？""然后呀！"唐万里细声细气地，"没长大的孩子抵抗力都很弱，被冷风一吹、细雨一打就感冒了，一感冒眼泪鼻涕全来了，于是，滴落了鼻涕，擦干了眼泪……"

"哇！唐万里！"雪珂大叫，坐起身子，对着唐万里的肩膀一阵又捶又推又摇，笑得直不起腰来，"你在胡说些什么？你在胡说些什么？你要把作词的人气死吗？人家挺美的句子，给你讲成什么了？哇呀喂，不得了，笑得我肚子都痛了，哇呀喂！……"裴书盈站在房门口，实在忍不住，这要命的唐万里呀！她也跟着那年轻的一对笑起来了。雪珂抬头看到母亲在笑，她就更笑。唐万里看到她们母女两个都笑，也就跟着笑。一时间，满屋子笑声，满屋子欢乐，连那红色白色黄色的杜鹃花也仿佛在笑了，春天也仿佛在笑了。

就在这一片欢愉里，电话铃响了。现代文明缩短了人与人的距离，电话的发明是一大功劳。现代文明打断了很多笑声，电话的发明是一大败笔！裴书盈走过去接了电话，笑容首先从她唇边隐没。她捂着听筒，转头看雪珂。

"雪珂！"她低声说，"你怎么忘掉了，今天是你爸爸的生日！他要你听电话！""啊呀！"雪珂像弹簧人般从地上直跳起来，笑容也消失了。她埋怨地看着母亲："妈，你怎么也忘了提醒我？"

"我？"裴书盈瞪她一眼，"我是该忘，你是不该忘！来，你自己跟你爸爸说！"雪珂走过去，接过了听筒。心里有一百二十万分的歉然，太久没跟父亲联络了，太久没跟他见面了。只有大年初一去拜了个年。徐远航，她那一直敬爱着、崇拜着，甚至依恋着的父亲！她居然忘掉了他的生日！从来没发生过的事！她握着听筒，声音怯怯地叫了声："爸！"

"雪珂！"徐远航的声音亲切、诚恳，而温柔。温柔得像和风，没有丝毫的寒意。这一声呼唤已代表了千言万语，代表了人类亘古以来骨肉之间的至情。"雪珂，如果你今天不来，我会非常非常失望。我知道你最近很忙，你妈都跟我说了。可是，你还是要来，带他一起来吧！那位唐万里。我可不可以见他呢？"徐远航语气里有种恳求的意味。这使雪珂更加歉疚了。她看看手表，才晚上八点，他们一定吃过晚餐了，不过，她至少可以赶去热闹一下。每年父亲过生日，都有些朋友小聚一番的。"好！爸！"她轻快地说，"我马上带他来！我们已经吃过晚饭了，可是，我们可以赶去吃你的生日蛋糕！"

"等你！雪珂！"徐远航叮咛着，"尽快尽快来！"

"可是……"她怔了怔，"我忘了生日礼物！"

"你来，就是最好的生日礼物！"

"好！马上来！"挂断了电话，她回头招手叫唐万里。

"走，唐万里，去见我爸爸！"

唐万里直跳起来，一双长胳膊乱摇乱晃，活像只大猩猩。

"不不！我要练歌。不不！老伯过寿，我又没准备寿礼。不不，我是小人物，很怕大场面……"

"去你的大场面！去你的老伯过寿！"雪珂抓着他的胳膊，"我爸爸看起来比你还年轻呢！走走走！"

"怎么，就这样两手空空地去呀？"

"是呀！你去唱祝你生日快乐就行了！"

唐万里用手抓头发，他的头发本来就乱，一抓之下更乱，身上穿的，还是学校里那黄卡其制服外套，一条破破旧旧的牛仔裤，洗得都褪了色了。裴书盈看他一眼，很想把他修饰得像样些，再让他到徐远航面前亮相。女儿的男朋友第一次见那个父亲，她也有虚荣感呢。但，再看唐万里，她就觉得没有比那身学生服牛仔裤更适合他的了，他穿得那么简单，却自有他的气度，尽管不怎么英俊，却满身满脸都绽放着属于青春的光彩，满眼睛里都流露着聪明智慧与才华。他不会让雪珂丢人，他不会！他绝不会！

她含着满足的笑，目送年轻的一对手拉手地出去了。

第五章

仅仅半小时以后，雪珂已带着唐万里，置身在徐远航那大大的客厅里了。徐家坐落在天母，是幢三层楼的花园洋房，占地颇大。花园里，爆竹红和仙丹花正在竞艳，而且，杜鹃也嚣张地盛放着。花园里灯火通明，客厅里更是灯烛辉煌，一屋子的客人，一屋子的笑语喧哗。雪珂才踏进客厅，徐远航就迎过来，把她两只手都紧紧握住了。他上下打量她，宠爱地笑着，宠爱地看着，宠爱地把她揽进了胳膊里。“嗨，雪珂，”他说，声音微微有些沙哑，“你准备不理爸爸了，是不是？”“别冤枉人，”雪珂笑着噘了噘嘴，“我知道你生活越过越丰富，知道你身边没有什么空位置来容纳我！所以不想来惹你讨厌！”“呵！”徐远航用手指捏了捏她的下巴，咬牙说，“你把我的生日忘得干干净净，我没怪你，你反而来倒打一耙！好厉害的女孩子！”他把眼光从她脸上移到唐万里身上：“你就是唐万里？”“是！”唐万里急忙说，对徐远航弯弯腰，

"我听雪珂说今天是您的生日，我来得慌忙，没有给您买礼物。雪珂说您什么都有，什么都不缺，我送不出您需要的礼物，所以，我就帮您把雪珂'捉'到这儿来了。"

雪珂惊愕地转头去看唐万里，怪叫着说：

"哎呀！爸爸，这个人颠倒事实，见风使舵，实在是个无聊分子！你不知道我费多大劲儿把他抓来，他现在居然说是他把我捉来的……"徐远航笑了，很快地打量了唐万里一眼。

"雪珂，你也碰到对手了，哦？"

雪珂摇摇头，笑着叹气。徐远航一手挽着雪珂，一手挽着唐万里，向客厅中央的人群走去，扬着声音，对大家说：

"这是我女儿裴雪珂和她的朋友唐万里，大家自己认识，自己介绍，自己聊天，好吗？"

雪珂抬眼看去，才发现满屋的客人都很年轻，平均年龄不会超过三十岁。在这些人群中，最醒目的就是林雨雁了。她穿了件白缎子曳地的长礼服，同色短外套，襟上别了一朵紫色的兰花，清雅脱俗，高贵无比。她的长发一半松松地挽在头顶，一半如水披泻。头顶簪着一支摇摇晃晃垂垂吊吊的头饰，行动之间，那头饰就簌簌移动，闪闪生光。说不出的雅致，说不出的动人。相形之下，自己一件格子衬衫，一条牛仔裤，简直寒碜透了。她正思索着，林雨雁已向她婷婷袅袅地走来，笑着说："真高兴你能来，雪珂。"

雪珂含含混混地对她点了点头，声音卡在喉咙里，实在不知道该称呼她作什么。同时，雪珂的注意力被另外一个女孩子给吸引住了。那女孩很年轻，大概只有十八九岁。她正向雪珂这边好奇地注视着。她有张白皙的瓜子脸，一对像嵌在白玉中的乌溜溜的黑眼睛，她的鼻梁挺直，嘴唇嫩嫩的、薄薄的、小小的。她很苗条，很瘦，个子不高，是个娇娇小小的美人儿。美人儿。真的，雪珂很少被女孩吸引住，却被这女孩吸引住了，她几乎没有怎么化妆，天生丽质是不需要装扮的。她穿了件剪裁合身、线条单纯的红色洋装。红色，原是很火气的，她穿起来却合适到极点，衬得她的皮肤那么白，那么嫩，几乎吹弹得破。她显然是一群男孩包围的中心。可是，现在，她向这边走来了，脚步轻盈，浅笑盈然，她眉间眼底，有诗有画，她脚下裙边，有云有雾，她嘴角颊上，有酒有梦。老天！雪珂心中疯狂地赞美着，但愿自己有她一半的美，但愿自己有她一半的动人，但愿自己有她一半的轻盈灵秀！

她停在雪珂面前了。眼珠乌黑晶亮，眼光澄澈如水，眼色欲语还休。"噢，雪珂！"林雨雁说，"让我跟你介绍一下，这是我妹妹，林雨鸢。鸢飞鱼跃的鸢。"

林雨鸢！雪珂大大吃了一惊。心里乱成一团。怎么可以！怎么林家可以出这样两个女孩子？有雅致如雨雁的已经够了，再有飘逸如雨鸢的就太过分了！她抽了口气，来不及说什么，就听到雨鸢清脆而温柔的声音。

"我见过你！""哦？"她愣愣地看着雨鸢。"在姐姐的婚礼上。"她微笑着，"那天，你很早就退席了。"然后，她掉转眼光，直视着唐万里。"我也见过你！"她再说。

"是吗？"唐万里眉毛大大一挑，那眼镜差一点从鼻梁上掉下来。"不可能不可能。"他一迭连声说，"如果我们见过，我不会忘记你！""我只说我见过你，没说你见过我啊！"雨莺笑得天真无邪，双眸闪闪发光，皎皎然如秋月。"我在电视上看过你！上上个礼拜天，你是巨龙合唱团的主唱！你不知道，我好迷你哦！我们很多同学，都迷你呢！尤其喜欢听你唱那支《城门城门鸡蛋糕》。还有，你那支《阳光与小雨点》简直棒透了！棒得不得了！棒得让我们都要发疯了！我告诉你，我用一个晚上来记那支歌的谱和词，就是记不全。你下次还会上电视吗？你下次上电视的时候告诉我，我要把它录下来，这样就可以不停地听，不停地看！"她说得琳琅满目，像行云流水，唐万里听得痴痴呆呆，像醉酒田鸡。雪珂瞪着他，眼看他的眼珠明亮起来，眼看他的背脊挺直起来，眼看他的脸绽发出光彩来。她想说什么，又来不及说，因为雨雁拉住了唐万里的手。

"唐万里！"雨雁笑着说，"我妹妹喜欢民歌喜欢得发疯，你既然来了，能不能给大家唱一支？"

"好哇！"又一个女孩冲过来，圆圆的脸、匀称的身材，"唐万里！拜托拜托，《阳光与小雨点》！"

"《阳光与小雨点》！""《阳光与小雨点》！""《阳光与小雨点》！"

到底这是怎么回事，雪珂实在是弄不清楚了。到底今天谁是主角，雪珂也弄不清楚了。到底怎么弄成这种局面，雪珂更弄不清楚了。她只听到一片欢呼声，一片鼓掌声，一片笑声，一片叫声，一片有节奏的喊声：《阳光与小雨点》！"

"《阳光与小雨点》！""《阳光与小雨点》！"然后，她就看到唐万里被簇拥到人群中间去了，有人递给他一把吉他，真不知道徐远航家怎么会有吉他！唐万里怀中抱着吉他，整个人都像被魔杖点过，站在那儿，他自有他的气势，毕竟上过台，见过大场面，他眼光生动，神采飞扬，满身都散发着青春的气息，绽放着他那动人的特质。他真的唱起来了，唱他那支自写自编的《阳光与小雨点》。

阳光阳光啊阳光亮闪闪，
照射照射照射在山巅，
昨夜昨夜有颗小雨点，
在那山巅小草上作春眠。
阳光照射到了小雨点，
光芒璀璨，光芒璀璨，
小雨点闪闪烁烁真耀眼！
啊！小雨点爱上了阳光，
阳光也爱上那玲珑的小雨点，
小雨点迎接着阳光，阳光拥抱着小雨点！
只是一会儿的缠绵，小雨点啊小雨点，终于憔悴干枯而消失不见，
消失不见，消失不见，
阳光阳光徘徊在山巅，
寻找寻找寻找小雨点，
君不见，日日阳光皆灿烂，

都为那，多情失踪的小雨点！

唐万里唱完了他那首生动的《阳光与小雨点》，满屋子掌声如雷动。雪珂也在人群中，奇异地站在那儿，奇异地看着那场面。她看到唐万里唱得满头满身大汗。林雨鸢站在他身前，正用一条绣花的小手帕，踮着脚去给他拭汗。他俯下头来，居然不用手去接那手帕，而用额头去接那小手帕。林雨鸢满面发光，眼睛虔诚，纤细的小手指都在发抖，又感动又兴奋又喜悦地为他拭着汗……哇！雪珂心里想，汤姆·琼斯大概就是这样诞生的！《阳光与小雨点》只是一个开始，而不能成为结束，大家那样疯狂地欢呼与鼓掌，唐万里当然盛情难却。于是，配角又成主角，他就那样衣冠不整，满头乱发，穿着学生外套，在那儿一支歌又一支歌地唱了下去。林雨鸢给他递咖啡，林雨鸢给他递冰水，林雨鸢用她那真丝的衣袖给他擦汗……雪珂终于忍不住了。她从人群中退出来，悄眼四望，父亲呢？总不至于连父亲都被这家伙吸引了吧！于是，她看到父亲了。

徐远航坐在不远处的沙发上，静静地看着那又弹又唱的唐万里，看了一会儿，就把目光收回来，投到面前的人身上去了。那面前坐着的，正是林雨雁。林雨雁却是全房间唯一没被唐万里影响的一个人，她坐在徐远航身前的地毯上，双手握着徐远航的手，两眼静静地注视着徐远航。雪珂打心底震动，狠狠地震动，忽然间，她就看到了那个字，那个她始终不太了解的字："爱"。那个字是写在林雨雁眼睛里的！父

47

亲和林雨雁，他们就安详而温柔地坐在那里，他们在享受着。享受着屋里的笑，屋里的歌，屋里的欢乐，和他们彼此间的爱。徐远航满足了，他一定已经满足了，他看到了他女儿的男友——正像阳光一样拥抱着满房间的小雨点！

当唐万里开始唱起那支《恼人的秋风》时，雪珂知道这"演唱会"会无限制延长了。掌声是世界上最迷人的东西，唐万里本来就是别人不起哄，他都会引头闹的，现在，他是得其所哉！唱吧！唱吧！他越唱越起劲，越唱越生动，越唱越富有感情，越唱越美妙……雪珂觉得太热了，她简直不能透气了，她悄悄地走向阳台，不受任何人注意地，溜到阳台上去了。阳台上有个"小火点"在暗夜里闪烁。

她顿了顿，定睛细看，确实有点火光，是烟蒂上的。有个人正斜靠在阳台上，独自静静地站着，独自抽着烟。

雪珂立刻感到一阵神思恍惚，这香烟气息，这场合……好像在记忆里发生过。怎么？满屋子欢欢喜喜的人，唯独你寂寞？她瞪视着那人影，那人影也正死死地瞪视着她。历史会重演，历史教授说的。"嗨！你好！"叶刚的眼睛在夜色中闪着光，他的声调低沉而沙哑。简简单单的两个字"你好"却似乎有着无穷尽的含意。她走过去，停在他面前，仰头注视他。

"你怎么会在这儿？"她迷惑地问。

"这是人的社会，我不能不来表示一下风度。"

"你表示过你的风度了？"

"是的。"

她点头不语，沉吟着。他们彼此又注视了一会儿。室内的歌声一直飘到阳台上，唐万里正在唱着：

　　　偶尔飘来一阵雨，点点洒落了满地，寻觅雨伞下哪个背影最像你，
　　　唉！这真是个无聊的游戏！……

　　叶刚深抽了一口烟，眼光没有离开她的脸。

　　"他唱得非常好，你知道吗？"他认真地说，"他那支歌也很够味，《阳光与小雨点》！"他上上下下打量她："或者，你不该把你的阳光带到这儿来！"

　　"或者——他不是我的阳光。"她犹豫地说，声调脆弱而不肯定，"我也不是他的小雨点。"

　　他再看她："不管他是不是阳光，你倒很像颗小雨点。晶莹剔透而可怜兮兮。""我不喜欢你最后那四个字。"她憋着气说，声音更怯了，更弱了，更无力了。他忽然熄灭了烟蒂，伸手一把握住了她的手。他的手温暖而有力。"我们可以从边门溜出去。"他说，"我打赌不会有人发现我们失踪了。""就算发现了，我打赌也没人会在乎。"她说。

　　于是，他们溜出了那充满歌声、充满欢笑、充满幸福的房子。

第六章

　　叶刚的车子，在台北市的街道上缓缓地向前行驶，把街道两旁的树木、商店、高楼、霓虹灯都——抛在后面。雪珂坐在驾驶座旁的座位里，她往后仰靠着身子，眼光望着前面的街道，几乎没有什么思想，没有什么意识。路两旁的街灯，像两串发光的项链。"想去什么地方吗？"叶刚问。

　　"随便。""去年夏天某月某日某夜，我好像和你去跳过舞。""好像。""有兴趣再去吗？""随便。""吱"的一声，叶刚把车子急驶到慢车道，刹住车，停在路边上。雪珂被急刹车差点颠到座位下面去，她惊愕地坐正身子，以为已经到了某个地方。抬头四下一看，才发现车子停在一条不知名的街道边上，旁边除了人行道和电杆木，什么都没有。叶刚熄了火，他回过头来，盯着她看，眼光里有两簇阴郁的火焰。"听我说，小姐！"他皱着眉说，"我把你从那个灯火辉煌的大厅里带了出来，是因为你不想留在那个地方。如果跟我出来的只有你的躯壳，而你的灵魂还在那屋子里的话，我马上就把你再送回去！我不习惯带一个心不在焉的女孩出来玩！"她惊讶地抬头看他，依稀仿佛，又回到去年夏天那个晚上，有个叫叶刚的人物，对她喜怒无常地耍过一阵性格。看样子，这个叶刚在半年多以后，并没有比半年前进步多少，还是那样易变，还是那样易怒。

"老样子！"她惊叹着。

"你说什么？"他愣了愣，不解地问。

"你。"她笑了。奇怪，她该生气的，该对他的无礼和任性生气的，她却一点也没生气，只是想笑。刚刚在徐家，喝过一杯掺了白兰地的鸡尾酒，不管怎样，这鸡尾酒绝不会让人醉，可是，她就有点晕晕眩眩的醉意。她笑着，对他那困惑的脸庞和阴郁的眼神笑着。"你还是老样子。唉！"她笑着叹口气，"你这种个性，未免太不快乐了！你对你周围的一切，都过分苛求了！""是吗？"他更加迷惑了，"你不可能了解我的个性是怎样的，你几乎不认得我。""哦，不，我认得你！"她仍然笑着，"去年夏天某月某日某夜，我跟你跳了一个晚上的舞。"

"因此，你就算认得我？"他疑惑地问，"你向林雨雁打听过我？""哦，不。"她摇摇头，"我从没有向任何人打听过你。我认得你，是因为那晚的你表现得很完整，喜怒无常，爱发脾气，莫名其妙，又会乱箭伤人……"

"乱箭伤人？"他稀奇地挑眉毛。

"是啊！"她继续笑着，"有没有人告诉过你，你是一个会乱箭伤人的危险分子？"他盯着她，被她的笑容和说话所蛊惑了。他咬咬嘴唇，眼里漾起了淡淡的笑意和浓浓的欣赏。

"有没有人告诉过你，"他接口说，"你是个玲珑剔透、动人心弦的女孩？"她大惊，张大眼睛。"唉！"她叹着气，"如果你想恭维我，最好含蓄一点。"

"为什么？"他也睁大眼睛，"直接说出来有什么不好？不够文学？不够诗意？不符合你那梦幻似的思想？"

"你怎么知道我的思想是梦幻似的？"

"哦，我知道的。因为去年夏天那个晚上，你也表现得很完整。""哦？"她询问。"你有些哀愁，有些忧伤，有些孤独。可是，你反应非常敏锐，像个小小小小的刺猬。"

"小小小小的什么？"轮到她来稀奇了。

"中国人叫它刺猬。外国人叫它箭猪。"

"哦哦，"她咂着嘴，"实在没有美感。管他刺猬还是箭猪，实在太没有美感了。我以为——你说过，我是个小小小小的小雨点。""小雨点比小刺猬有美感？"他问。

"那当然。""瞧！"他点头，"所以你是个梦幻似的女孩。小雨点又禁不起风吹，又禁不起日晒，有什么好？不如当个小刺猬，温柔的时候服服帖帖，凶恶的时候浑身是刺。"

"哦？我浑身是刺吗？"

"如果我能乱箭伤人，你一定浑身是刺！"

她扬着眉毛，笑了起来，笑得弯着腰，一发而不可止。他瞪着她，笑意也堆在他唇边，涌在他眼底。他们对看着，对笑着。好一会儿，她收起了笑，眼睛亮闪闪，光彩逼人。

他深深地凝视她，陡地甩了甩头，嘴里低低叽咕了一句："要命！""什么？"她不解地，"什么事？"

"他妈的！"他忽然吐出一句咒骂，声音粗哑，"你最好不要再这样对着我笑了！否则，我会……"他咽住了，掉头去看车窗前面。"你会什么？"她温柔地问，心底有些害怕，有些糊涂，有些明白，有些畏缩，也有些期盼。

"好了！"他粗声说，忽然发动了车子，脸色严肃了，身子坐正了，腰杆挺直了，"坐好吧，我要开车了！"

她坐好了，望望车窗前的街道。

"我们去哪儿？""你不是说随便吗？""嗯，"她应着，坦然地，"是。随便。"

他看她一眼，车子向前驶去。

"你不怕我把你带到什么不正经的地方去吗？"他好奇地问，"哦，不。"她很快地应着，"你不会。"

"你那么有把握？"他惊讶地问。

"你虽然有些'性格'，有些'鲁莽'，有些'怪异'。可是，你一看就可以看出来，你很正直，很真诚，很热情，很有风度。几乎几乎是高贵的。是值得信赖的！"

他立即又刹住车子，车再度停下了。

"嗨？怎么回事？"她问。

"我不能一面开车，一面和你继续这种谈话，我怕把车子开到云里雾里去。"他紧盯着她，面颊有些红润，眼珠闪着光。"唉！"他学她叹了口气，"如果你想恭维我，最好含蓄一点。"

她又笑起来了。今晚她很爱笑，自从离开徐宅，她就一直好脾气地笑着，他说什么她都笑，而且笑个不停。这时，她又这样笑起来，那笑容在唇边，像个涟漪般漾开，漾开，漾开……他死盯着她，盯着那在街灯下，显得有些朦胧的面颊，盯着那乌黑如点漆的眸子，盯着那白皙如月色的肌肤，盯着那小巧红润的嘴唇，盯着那笑容——如沐浴在春风中的花朵，正缓缓展开花瓣，懒洋洋地展开花瓣，醉醺醺地展开花瓣……

"要命！"他再低声诅咒，声音在喉头中蠕动。

"要命！"他再说了句，声音依然卡在喉咙里。

"要命！"他说出第三句，然后，他蓦然间就俯下头去，把自己炙热、迫切、干燥的嘴唇，紧压在她那朵笑容上。他的胳膊情不自禁地挽住她的身子，把她紧紧紧紧地拥进怀中。他的手强而有力地扶住她的头。她不能呼吸，不能思想，不能移动，不能抗拒……只感到一股强大的热力，像电击般通过她的全身，带来一种近乎麻痹的触电感。然后，她觉得他是在吻她了。那么强烈而炙热的吻，烧烫了她全身每个细胞，烧热了她的面颊，烧热了她的心胸，烧热她所有的意志和情绪。她的心狂跳着，跳得那么猛烈，那么稀奇，那么古怪……从没感觉过这种感觉，从没经历过这种经历……以前的一些经验，从七四七那儿来的经验，全在此刻化为虚无。

终于，他抬起头来了。

他们彼此互相注视着，她不再笑了，只是深深切切地注视着他。他们就这样互相注视着，好像已经等待了一百年，一千年，一万年，一亿年……从盘古开天辟地以来，她和他早就存在着，只等待着此时此刻才相遇、相聚、相识而相知。

过了好一刻，他才把目光从她脸上移开，双手放开了她，他坐正身子，再次地发动那汽车。她靠在座垫里，凝视着他的半侧面，微凸的眉峰、微凹的眼睛、挺直的鼻梁和那"性格"的嘴。欸欸！她心中赞叹着：发生了什么？发生了什么？但是，她那醉醺醺、软绵绵的意识，并不真正想得到什么答案。车子开始顺利地、不受干扰地向前驶去了。一路上，两人都安静了，两人都很久没说话。他摇下车窗，让车窗外那凉爽的夜风吹进来。夜风中，带着凉凉的、泥土的气息，清清爽爽的，有些花香，有些树香，有些草香。她振作了一下，勉强提起精神，去注意窗外的景致了。这才发现，他们已远离市区，车子正蜿蜒着爬上一条修建得非常宽大的山路，高高地往山顶爬去。她坐高了一些，望着车窗外面。

"那儿有一片竹林。"她说，"路边有很多竹林。"

"我喜欢竹子。"他接口，很真挚的。

"哦？""我喜欢竹子那种遗世独立的风韵，喜欢它亭匀清幽的雅致，喜欢它坚韧不拔的高傲，还喜欢它脱俗飘逸的潇洒。它不像任何花朵那么浓艳诱人，却终岁长青。"他停了停，眼光直视着外面的道路，沉吟着说，"我知道为什么被你吸引了，你就像一枝竹子。""噢！"她轻嘘着，不经考虑地脱口而出，"那么，林雨雁像什么？"他皱了皱眉峰，双手稳定地握着方向盘，转了一个弯，车子继续向上驶。他的眉峰放开了，声调是平稳而清晰的。

"她像枝芦苇。""哦？""不见得名贵，不见得香甜。可是，它楚楚动人，风姿摇曳，雅洁细致，有种让人我见犹怜的感觉。"

她掐着手指头数了数。

"你干什么？"他问。"数一数你用了多少个成语。什么楚楚动人、我见犹怜的。你很会用成语，你应该学文学而不该学电脑。像你这种人会去学电脑实在是古里古怪的。或者，你既不该学文学，也不该学电脑，你该学植物。"他看她一眼，不语。"你瞧，你研究芦苇，你研究竹子，还研究过其他植物吗？像枫树？像梧桐？像凤凰木？像冬青？像七叶木？像万年青？像金急雨……"轮到他笑了。笑容在他眉间，笑容在他眼底，笑容在他唇边。笑容使他的脸孔生动而富朝气。

"我不学植物，我看你倒该学植物，最起码，你知道的植物名称不少。什么七叶木、金急雨，我一辈子都没听说过。"

"七叶木，一年四季都是绿的，每一根新芽，都会长成七片散开像花瓣似的叶子。它的杆子很挺。树叶一层一层的很有韵味。""七叶木？嗯？不可能是六片叶子？或是八片叶子？为什么是七片？"他有些好奇。

"不知道。它生来就是七片叶子，注定是七片！上帝要它生成七片，它就是七片！不能六片也不能八片！很奇怪，是不是？"他怔了怔，笑容淡了，眼里掠过了一抹深思。

"是，很奇怪。反正不能和上帝去打交道，不能向上帝要求做八片木，如果你生来就是七片木的话。"

她想了想，微笑着："你有宗教信仰吗？你信神吗？"

"不。"他很快地回答，"我不信。"

"为什么？""因为每个宗教有每个宗教的神，基督教、佛教、喇嘛教、回教，甚至希腊的太阳神和各种神，中国人相信的土地菩萨和玉皇大帝……神太多了。如果每个人相信的神都存在着，那么天上的神可能比地上的人还要多。可是，这么多神，这么这么多神，居然管不好人间的爱和恨、生和死？不。我不相信神。"他的目光忽然深沉了，面容严肃了，笑容隐没了，他又阴郁起来，莫名其妙地阴郁起来，"有一次，我曾经仰望天空，问众神何在，没有人回答我，四面是一片沉寂。那么多神，为什么众神默默？你们都到哪里去了？都到哪里去了？为什么众神默默？"他的语气，激烈得奇怪。

她仔细地凝视他："你怎么会去问众神何在？"

"因为——"他停了停，眉峰紧蹙，眼光里盛满了某种无奈的、沉重的、郁闷的悲哀，"那年，我一个心爱的小弟弟死了，我弟弟，他活着时没有自己要求生命，死的时候没有自己放弃生命！如果有神，你们在做什么？"

她不自觉地伸出手去，充满同情、充满安慰、充满关怀地握了他一下。她不想再谈这个问题，或者，只有经过生离死别的人，才能体会那种惨痛。她紧握他，转过头去，她巧妙地转换了话题。"叶刚，一个名字。我知道了这个名字，我知道他学电脑，现在，我又知道他是个无神论者。瞧，"她对他温和地笑，"我对你的了解，已经越来越多了，是不是？"

他回头看看她，脸上绷紧的肌肉逐渐放松了，眼神又恢复了生动和温柔。"你是个好女孩！"他低叹着，"别了解我太多！雾里看山，山在虚无缥缈间，比较符合你……"

"梦幻似的思想！"她接口。

他笑了。终于又笑了。

然后，车子忽然慢下来了。叶刚驶上一块坡地，倒车，前进，又倒车，又前进。终于，停在山顶一块凸出的、平坦的草地上。他停稳了车子，熄了火。

雪珂觉得眼前一亮。她坐正身子，先四面环顾，才发现他们正置身在阳明山顶，从这个角度往前看，正好把整个台北市都尽收眼底。她放眼看去，是一片闪烁的万家灯火。从没看过这样绵延不断的灯海，这么千千万万数不清的光点。有的聚拢像一堆发亮的钻石，有的散落如黎明前的星空，有的一串又一串地串联着，像发光的项链。那么多灯！百盏、千盏、万盏、万万盏。闪烁着，闪烁着，像是无数的星星，敲碎在一片黑色的浪潮里，数不清有多少，看不尽有多少。

她为之屏息。他推推她的胳膊："下车来！"他下了车，走过来为她打开车门，扶她下车。她踩在软软的青草地上，迎着扑面而来的晚风，看着闪烁璀璨、绵延不尽的灯海，恍然如置身幻境。哦，叶刚！这奇妙的叶刚！难道他不是"梦幻似的"？他却把她带入"梦幻"中来了！

他用胳膊搂着她，走向前去，停在山坡边缘，更辽阔地眺望那片一望无际的灯海。

"你看！"叶刚说，声音里带着感动，"你信不信每一盏灯光后有一户人家？每一户人家有他们的故事？爱、恨、生、老、病、死。你信不信当我们站在这儿看的时候，那些灯光下，就有无数故事正在发生，正在进行，或正在结束。你信吗？你看看！有多少灯光？有多少人家？数得清吗？数得清吗？"

她眩惑地看着，被眼前这奇妙的景致所迷惑住了，被他言语里那种提示所震撼了。真的，数不清的灯，数不清的人，数不清的故事！这还仅仅是一个台北市，如果再深一层想，整个台湾有多少灯呢？整个世界有多少灯呢？刹那间，她顿感人海辽阔，漫漫无边，而自己，是那样渺小的沧海一粟啊！

"我从小就爱看灯，"他开始说话，声音诚挚，"我小时候，我家就住在阳明山上，我父亲很有钱，娶了好多个太太。我是第三个太太生的，如果我母亲也能算太太的话。你一定可以猜到我父亲是怎样的人了，我是在怎样环境中长大的了。我母亲——体弱多病，很早就死了，我父亲比母亲大了快三十岁，他老了，事业又多，无心照顾我。我的童年很孤独，常常跑到这儿来，看这些灯海，一看就好几小时。我总在凝想每盏灯后面的故事，是不是比我家灯下的故事美一些，好一些，动人一些，温暖一些？"

他停住了，回头看她。

她也正深刻地看着他，两人目光一接触，就再也分不开了。她带着种震撼的情绪，体会到他的表达方式，他正在介绍他自己，更多更深地介绍他自己。她了解得更多了：叶刚，一个名字，学电脑，无神论者，富有而孤独的童年，目睹或经历过两次死亡，失去母亲和弟弟，父亲有许多个太太——

复杂的家庭，造成一个反婚姻论者。

　　她深深看他，深深地看，深深地看，深深地看……直到他低叹一声，把嘴唇压在她那颤动的睫毛上。

第七章

雪珂回到家里时，天都已经完全亮了。

叶刚把她送到公寓前面，本想要送她上楼的，是她制止了："改天吧！别让妈妈吓住！"

这时，她才第一次想起母亲。真该打个电话回家的，真该告诉母亲一声的。有生以来，这还是她第一次彻夜不回家。但是，这夜，所有发生的事都那么紧凑，紧凑得让她没有思想的余地，打电话，她压根就没想过打电话这回事！何况那阳明山巅，也没有电话可打！

她拾级上楼，到家门口时，脑子里还混混沌沌，神思也恍恍惚惚的。一夜未眠，她丝毫没有疲倦的感觉，对门内即将来临的一场风暴，也毫无预感。站在大门口，她在皮包里找钥匙，钥匙还没找到，房门已豁然洞开，裴书盈苍白着脸站在门口。"雪珂！"她喘着气喊，"你总算回来了！你吓死我了！我正想打电话报警呢！""怎么？怎么？"她很轻松地接口，"我又不是只有三岁！偶尔失踪一下，别大惊小怪……"

"偶尔失踪一下！"书盈生气地嚷，"你知道你把所有的人都急死了吗？你知道大家都出动了在找你吗？你知道好好一个晚会都给你破坏了吗？你……你到哪里去了？你怎么会好端端地就不见了？你到底在开什么玩笑……"

雪珂惊奇地看着母亲，怎么有这么多问题呢？她跨进客厅，这才更加惊奇地发现，屋里还有唐万里，不只唐万里，那数年不曾来过的徐远航也赫然在座！她愕然地站在客厅中间，目瞪口呆地说："爸爸！你怎么在这儿？"

"我怎么在这儿？"徐远航没好气地接口，声音失去了一向的从容，变得急迫而恼怒，"还不都是为了你！你最好跟我们大家解释一下，整个晚上，你去了哪里？"

她瞪视父亲，头中有些昏昏的了。难道徐远航不知道从那客厅里同时失踪的，还有另外一个人吗？是了，她脑中像电光一闪，是了，徐远航确实不知道！因为，那个"失踪"对他而言，早就"失踪"了。何况，那个"失踪者"与他没有血统关系，用不着他付出任何注意力的！她用舌头舔舔发干的嘴唇，还来不及说话呢，唐万里一步跨上前来，当着父母的面，伸手就抓住她的胳膊，他那镜片后的眼睛，一向都闪闪亮亮充满笑意，从没有变得如此严肃。

"雪珂，你在和我捉迷藏吗？你把我带到那儿去，丢下我就不见了，你想想看，我是什么感觉？我一生不按牌理出牌，荒唐事也不是没遇到过，你昨晚的失踪是最荒唐的！你去哪里了？你说！"她环视室内，徐远航瞪着她，裴书盈也瞪着她，连唐万里都瞪着她。真有这么严重吗？真有这么严重吗？她看看徐远航，再看看唐万里。"爸，你什么时候发现我不见了？"她终于开了口。

"差不多十一点钟，我要切生日蛋糕的时候！"

她想了想，再问唐万里：

"你也是那时候发现我失踪的吗？"

"是呀！"唐万里接口，"你爸说：雪珂来帮我切蛋糕。我们才发现你根本不在客厅里。林雨鸢说你可能在书房看书，我们找到书房，书房也没有，大家猜你溜到哪个房间睡觉去了。于是，整个三层楼，一间间房间找，连壁橱和洗手间都找过了，全找不到。你爸爸急了，打电话回来问，把你妈也吓住了。我们连花园都找遍了，找到半夜两点钟，你妈不断打电话来问，我们实在没办法，才回到这儿来等！你如果再晚五分钟进门，我们已经报了警察局了！"

雪珂听着他的叙述，原来自己引起如此大的骚动。十一点多？她回想着，她离开徐家客厅时还不到十点。那么，起码，有一个多小时中，自己的存在与否根本不重要。她微笑了起来，站在房间中间，她就那样傻傻地、很可爱地微笑起来。"什么？你在笑吗？"唐万里扶着眼镜框，不信任地直看到她脸上来，"你真的在笑吗？你觉得很可笑吗？你把我们全体弄得团团转，你很得意吗？"

"雪珂！"徐远航沉声喊，"你这是什么意思？"他的眉头锁了起来。"噢！爸爸！"雪珂振作了一下，想收起脸上的笑，不知怎么，就是收不住。从昨夜起，她就变得这样醺醺然的，老是要笑！她仍然微笑着，直视着徐远航。"爸爸，人不会在你眼前失踪的，永远不可能在你眼前失踪的！"

徐远航眉头皱得紧紧的，他盯着雪珂。

"你在说些什么？"他问。

"我说，"她清晰地、温和地，依旧微笑着说，"那间客厅虽然很大，每个角落都在你们视线之内，我怎么可能在你们的视线之内失踪？我又不会隐身术。所以，爸，我没有失踪，我只是走掉了！""走掉了！"唐万里哇哇大叫，"失踪和走掉了有分别吗？"

"当然。"雪珂不笑了，她注视着唐万里，"失踪是不见了，走掉了就是走掉了。"唐万里眼底一片迷惑。

"你在跟我玩文字游戏吗？雪珂，我知道你走掉了，因为你走掉了，所以你不见了。"

"不是，"雪珂拼命摇头，"你说反了，因为我不见了，所以我走掉了。""你故意把我的头绕昏，你刚刚还说，你没有失踪，怎么现在又说……""对我而言，我在那客厅里，早就失踪了。对你们而言，我是一个活生生存在的人，根本不应该失踪的……"

"好了！好了！"裴书盈忽然插口，打断了两人间的争辩，她走上前来，非常非常温柔地把雪珂挽在臂弯里，用手轻拍着雪珂的肩。她转向唐万里，息事宁人地说：

"别和她争了，只要她安全回家，就什么事都没有了。好了，你也累了一夜，先回去休息吧！雪珂也该睡觉了。远航，"她转头看那位"父亲"，"你也回去吧，免得家里人担心。"

徐远航凝视着雪珂，心里有些明白了。这就是雪珂，在她成长的过程中，徐远航一直有愧于做一个"父亲"，现在，这孩子长成了，出落得眉目如画，冰雪聪明。但，在她的血液里，有那么多遗传的因子，像她母亲！他下意识地看裴书盈，正好裴书盈也在看他，两人目光一接触，立刻就读出彼此的思想，也立刻就都转移了视线。徐远航心里有歉意，裴书盈心里有怨意。"好了！"徐远航从窗前走过来，仔细看看雪珂。"雪珂，不要太敏锐，"他语重而心长，"不要太好胜，免得苦了自己，也苦了别人。"他用手压压雪珂的肩膀，再低语了一句："打电话找你来，总是因为想着你，不是因为忘了你。好了，我先走一步。"雪珂像被人用钉子钉在地板上，她不能动，心中却突然被父亲这几句话，翻江倒海般引起一阵狂澜。她垂下眼睑，觉得眼眶发热，再抬起眼睑时，她眼里已有泪光。她看了看远航，再看了看痴痴伫立的母亲。怎么，每盏灯下都有故事，自己家里这盏灯下的故事，不能更美一些？更好一些？更温暖一些吗？爸爸啊，你看不出妈妈有多寂寞吗？你看不出我们母女一直需要你吗？可是，远航已经走到门口了，可是，远航已经转动门柄了。然后，远航出去了，走了……雪珂好像回到了六岁，爸爸出去了，走了，不再回来了。她蓦地醒觉，这是一盏昨夜之灯，早就熄灭了！千千万万的灯光，每晚在闪亮，也每晚在熄灭。今夜之灯与昨夜之灯不再一样。她惊醒过来，转回头，她发现唐万里还站在那儿发愣。

"你到哪里去了？"唐万里镇静地站着，眼底是一片固执，唇边，居然有受伤的表情，"你爸爸可以不问你，我还是要问你！""去一个小小的山巅，"她睁大眼睛说，"等阳光来闪耀我！"他深深吸气。"你在吃醋吗？"他率直地问，"你在生气吗？你生我的气吗？你受不了我抢了你的光芒吗？你走掉，是针对我而来了？你存心在整我吗？"他语气越来越高亢，越来越气愤，一夜未眠，以及一夜的找寻和焦灼，使他又倦又怒。雪珂那股毫无歉意的态度使他更加有气，他还没有达到能忍怒不言的涵养。"你破坏了一个晚会，破坏了一个我为你而参加的晚会，你觉得很得意吗？""我不得意。"雪珂静静地说，直视着他，"你也抢不了我的光芒，因为我从来不是发光体。我走开，只因为那房间太挤。抱歉，"她摇摇头，声调平稳。"对不起，唐万里，"她再说，眼光幽幽柔柔地看他，而且带着泪光，"我破坏了你的欢乐，对不起。"他瞪着她，她这样一道歉，一软化，使他完全崩溃了。尤其，她那含泪凝眸，若有所诉的眼光，使他心跳而血液加速了。他咬咬嘴唇，用手推推眼镜，心底软绵绵的，怒气已消，愤恨已去，取而代之的，竟是一片爱怜之情和水样的温柔。

"噢！"他喘口气，自己找台阶去下，"好了，你累了，我不跟你计较了。"他到墙角去，拿起自己的吉他："你今天大概无法上课了，我帮你请天假。"

他背起吉他，大踏步走向房门口。雪珂看着他的背影，顿时，把这一起疯一起闹一起唱的大半年时光完全想了起来。仅仅一夜，一夜卷走了很多东西。阳光拥抱着小雨点，万家灯火闪掉了阳光。她心中凄楚，鼻子里酸酸地说了句：

"再见了！唐万里。"唐万里立刻站住，蓦然回首。

他的脚钉在那儿，他的眼光直勾勾地看着她，他的脸色变白了，嘴唇干燥了，他的声音涩涩地满带疑惑。

"雪珂！"他喊，"你怎么了？你不要这样怪怪地来吓我，我怎么都想不起来，我到底做错了些什么事！""没有。"雪珂轻轻摇头，泪珠泫然欲坠，"你没有做错任何事，唐万里，你很好，你真的很好。你一直是你自己，没有变……好了，再见了！"

她反身奔向卧室。唐万里抛下了吉他，一个箭步，他冲上前去，及时捉住了她。他用力扳转她的身子来，用双手牢牢地钳着她的胳膊，他在眼镜片后的眼睛，从来没有这样迫切过，从来没有这样恐惧过，也从来没有这样担忧过。他那一向嬉笑的嘴角，此时充满了紧张。他盯着她，哑声问：

"昨晚到底发生了什么事？"

"什么都没有，"雪珂含泪说，"让我走吧，我想去睡一下。"

"听着，雪珂！"唐万里一个字一个字地说，"我是个马马虎虎、凡事都不留心的人。你常常怪我不够体贴，不够温柔，不够细腻。可是，我就是我。我不是任何人塑造的模型，也不是可以迁就你，单单为你而活着的人。我知道昨晚有事发生了，我知道你的失踪并不单纯。但是，现在，我不会再问你，也不会再追究了，因为我先要衡量衡量自己有没有追究的资格！不过，在你进卧房之前，我要告诉你一句话：我还不准备和你说再见！人生有缘相聚并不容易，要说再见也没那么容易！现在，你去睡觉，我坐在这儿等你！今天下午，你有节电视原理课，对你非常重要，我等你到上课时间，陪你去上课！"雪珂那么惊奇，她抬眼看着唐万里，几乎不相信这些话是从他嘴里说出来的，他脸上的那种固执和眼底的迫切使她完全震动。突然间，她就觉得这些日子来，她从没有好好地去了解过唐万里，从没有深入地去观察过他。原来，他那嘻嘻哈哈、弹弹唱唱的外表下，也藏着颗敏感而多情的心！她哑然无语，只是困惑地看他。

裴书盈目睹这一切，到这时，她才也用崭新的目光，去衡量那个曾经解释"将年少滴落"的唐万里。或者，年少会在一夜间成为过去。所有的"成长"都是在不知不觉间来临的。她走了过去，充满感动和关怀的情绪。

"雪珂，你和唐万里好好谈谈吧，有什么误会，都可以解释清楚的！我先去睡了。"

裴书盈悄然退下，房里剩了雪珂和唐万里两个人。

唐万里放开了雪珂。雪珂跌坐在沙发里，一时间，既无睡意也无思想，她呆坐在那儿，朦胧地体会到，自己的世界被搅得乱七八糟了。唐万里呢？他几乎没再看雪珂，拿起吉他，他盘膝坐在地板上，自顾自地唱起歌来：

　　　　不知道有没有爱过你，

　　　　不知道你对我的意义，

　　　　只知道见到你时我满心欢喜，

　　　　而别离时候——我什么、什么、什么都不如意……

第八章

三天后。大约是凌晨五点钟，雪珂床头的电话铃忽然响了，她像反射动作一样迅速，立刻拿起了听筒。三天来，电话机已经变成了她的折磨，那晚在阳明山巅，她曾给他一个号码，这三天，她就好像在为电话铃而活着。等待，等待，等待……每分每秒的等待，像千千万万种煎熬。她一生从来没有这样强烈地体会到"等待"的滋味。

"喂？"她对着听筒低语，心里还有些不肯定，很可能是唐万里打来的，唐万里这三天都疯疯癫癫地痴缠着她。"哪一位？我是雪珂。"她先报出名字来。

"雪珂。"叶刚的声音低沉而有力，近得就在耳边，她几乎可以听到他的呼吸声。这一声呼唤已使她全心激动：谢上帝，她想，他没有忘记她！谢上帝，他记得这电话号码！谢上帝，他肯拿起听筒拨号给她！"雪珂，你听好，"他清楚地说，"穿上衣服，我给你十分钟时间，我在你家公寓外面的电话亭，你拉开窗帘就可以看到我！十分钟，你穿好衣服下楼来，我在这儿等你，过时不候！"

十分钟？她还没喘过气来，电话挂断了，她飞快地跳下床，直冲到窗边，拂开窗帘向外望，果然，对面的街边上，他的野马停在那儿！而他，正斜靠在电话亭上抽着烟呢！天色那么早，满街都是雾蒙蒙的，他就站在浓雾里，什么都模糊，他烟蒂上那点"小火光"仍然熟悉地闪亮，在向她打着"召唤"的信号。十分钟，他只给她十分钟呢！多霸道的男人！她跌跌撞撞地冲进浴室，闪电般洗脸漱口，抓着发刷，胡乱地刷了刷头发，几分钟去掉了？她心跳到了喉咙口，要等我呵，叶刚！不能太没耐性呵，叶刚！不能真的"过时不候"呵，叶刚！打开衣橱，她放眼看去，红橙黄绿蓝靛紫，老天，该穿哪件衣服？叶刚，你喜欢什么颜色？竹子？竹子！绿色！她抓了件绿色洋装，匆忙间把脑袋套进袖口里去了。急啊，忙啊，乱啊，总算把那件淡绿色丝质洋装穿上了，临时又找不着皮带，一急，抓了条白色长围巾往腰上一绑。几分钟去掉了？来不及想，来不及算，拿起一个小手袋，她往大门口冲去。

"雪珂！"母亲的声音在卧房里喊了起来，"是你吗？这么早去上学吗？""噢，妈妈！"她扬声喊着，"今早有急事，我走了！晚上回家再告诉你！""你吃了早餐吗？"裴书盈在喊，"喝了牛奶吗？"

"哦，妈妈，我吃了！吃了！"她胡乱地答着，飞快地逃到大门外去了。冲下楼梯，奔出公寓。街上全是雾，天才蒙蒙亮，街道空旷而安静，楼阁亭台，皆在雾色里！多美的雾呵！多清新的空气呵！多诗意的清晨呵！她穿过街道，直奔向那伫立在街边的人影。叶刚丢掉了手中的烟蒂。双手抓住了她的手。他定睛看她，有两秒钟，他们站在那儿，只是彼此互望着。然后，他把她轻轻一拉，用胳膊圈住了她。她把头贴在他肩上，嗅着他身上那香烟与胡子膏混合的气息，觉得再没有比这味道更好闻更男性的了。他在她耳边低语了一句：

"你清新得像早晨的露珠。"

小刺猬变成小露珠了！她喜欢。他说什么，她都喜欢。他用手捏捏她的肩膀："你怎么穿得这么薄？"他低问，带点儿责备，"天气还冷呢！"真的，才三月呢！真的，早上的空气清冷，风吹在身上都凉凉的！可是……老天，他只给了她十分钟呢！挑颜色就去掉了两分钟呀！她抬起头来，不解释，只是望着他傻傻地笑。"快上车来！别冻着。"他开了车门。

她钻进车子。他坐上驾驶座，立刻，他发动车子，向前面驶去。她痴痴地、微笑地看着他，心里一片暖洋洋的喜悦。她根本不看车窗外面，不在乎他要带她去什么地方。他一只手驾着车子，一只手伸过来，把她那纤小的手，紧紧地握住了。"昨天早晨，我也来过。"他忽然说。

"什么？"她惊问，"真的？"

"不只昨天早上，还有前天早上。不只早上，还有晚上。"

"真的？真的？"她闪动睫毛，不相信。"那个会唱歌的男孩子，他——叫什么名字？"

"唐万里。""是的,唐万里。我看到他接你上课,我看到他送你回家。我在问自己,是不是一定要搅乱你的生活?我觉得,我最好的办法是不要再出现。"她凝视他,依然微笑着。

"可是,你仍然出现了。"她说。

"是的。"他回头看她一眼,突然转换了话题,"你十分钟之内,怎么能做好那么多事?"

"你真预备过时不候吗?"她有些惊悸地反问。

"可能。"他说,坦白地瞪了她一眼,"但是,也可能做不到。""哎呀!"她轻喊出声。"你太霸道了,太任性了,太自私了,太可怕了……"她住了口,看他,他正微笑着,转了个弯,车子驶向了一条平坦的公路。她歪了歪头,笑了:"这种借口没什么道理。""什么借口?""十分钟呵!"她说,"你今天不等我,明天还会来,明天不等我,后天还会来!""那么有信心吗?"他问。

她摸着他的手指,那手指粗大,骨骼突出,一只男性的手。她看他的脸,额是额,鼻子是鼻子,眼睛是眼睛,轮廓分明,一张男性的脸。她忽然有些惶恐,不,她没信心,她一点信心都没有。这男人是那么笃定,那么有个性,他永远是他自己的主人,他不会把他的生命感情和一切,交付给别人。"没有。"她说了,"我没有信心,所以,我十分钟之内赶下楼来,差一点把牙膏挤到梳子上去了。"

他回头,微笑的眼睛里闪满了热情。

车子行行重行行,终于,车子停了。

"我们下车走走吧！"他说。

她下了车，居高临下，她惊讶地发现，他们又高高在一个山顶，从这儿往下看，看不到一点儿都市的痕迹，却可以看到山下的河谷，一条小小溪流，正蜿蜒地伏在谷底，出口处，连着海洋，海面，太阳正缓缓升起，一片霞光，烧红了天，烧红了海，烧红了河谷。连那翠绿的草地，都被日出染上了金光。他搀着她，他们并肩看着日出，那太阳的升起是令人眩惑的、令人不敢逼视的、令人屏息的。她呆呆伫立，山风扬起她的头发，扬起她的裙子，而雾，那白茫茫的雾气，仍然挂在她的裙角。他把目光从日出上，转到她的面庞上。她一脸的光彩、一脸的虔诚、一脸的感动。"哦！"她长长吐气，"我从不知道日出有这种'魄力'和这种'魅力'！它让人变得好渺小好渺小啊！"她倏然回过头来，紧盯着他："为什么专门带我到这种地方，这种让我迷失，让我喘不过气来的地方？"

"它们也让我迷失，让我喘不过气来！"他说，"当我偶尔情绪低潮的时候，我就会到这儿来看日出，吸收一点太阳的精华，看一看那光芒万丈的彩霞，那辽阔无边的海洋，会让人胸襟开旷。"他紧紧地看着她，阳光闪耀在她发际嘴边。"我情不自已地把你带来，想让你和我共用一些我的精神世界。"她深深切切地看他。然后，她没有思想的余地，就投进了他的怀中。他紧紧拥着她，找到了她的唇。他急切而热烈地吻着她，深刻地，缠绵地，炙热如火地吻着她，一切又都变得热烘烘了。阳光烤热了她的面颊，烤热了她的唇，烤热了凉爽的空气，烤热了他们的心。片刻，他抬起头来，看她。她满怀激动，心脏狂跳，而血液在体内疯狂地奔窜。从没经历过这种感情，从没体会过这种狂热。她觉得眼中蓄满了泪，而且流到唇边来了。

他吮着那泪水，慢慢抬起头来，用双手捧着她的脸，他注视着那湿湿的双眸。"为什么哭？"他低问。

"因为太高兴了。"他虔诚地拭去那泪痕。浑身掠过了一阵战栗。

这战栗惊动了她，她问：

"怎么？有什么事不对吗？"

"是。"他低语，"怕我配不上这么纯洁的眼泪。事实上，你对我几乎一无所知。""我知道得够多了。"她说，微笑起来，把面颊贴在他胸口，倾听着他的心跳。她的双手，紧紧地环抱着他的腰。"我知道你以前的故事，多得像万家灯火；我知道你的思想，深远得像高山森林；我知道你的感情，强烈得像日出；我知道你的心灵，深不可测，像海洋。"她叹口气，"还有什么是我需要知道的？"他更深地战栗。用力拉开她，他凝视着她。

"雪珂，"他轻呼，"我真怕你！我真怕你！"

"怕我什么？""怕你这份本质，你美化每一件事情。怕你让我变得渺小，怕你让我变得懦弱！""你也怕过林雨雁吗？"她脱口而出。

他把手指压在她唇上。

"嘘！"他温柔地轻嘘着，"不谈她，行不行？"

"是。"她懊悔而温顺，"对不起。"

"是我对不起你。"他说。

"为什么？""应该更早认识你，应该在你我之间，没有加上别人的名字。应该——"他咬咬牙，呻吟着，"或者，应该让那个男孩拥有你！"她有些恍惚。脑中飞快地闪过唐万里的名字，她摇摇头，想摇掉那名字，他的目光穿越着她的思想。

"不敢要求你。"他说。

"什么？"她不解地。"不敢要求你离开他远一点，那个唐万里。也不会要求你，也不愿要求你。更不能要求你！"

"但愿你敢，但愿你会，但愿你要！"她很快地说，有些懊恼，"是的，这就是我不了解你的那一面。"

他沉默了，握着她的手，他带她往后面的山林里走去。那儿有一条小径，直通密林深处。小径上有落叶，有青苔，有软软的细草。小径旁边，草丛里生长着一朵朵嫩嫩的小紫花。他们默默地在小径上走着，远处，传来庙宇的晨钟声，悠然绵邈的，一声接着一声，把山林奏得更加庄重，更加生动。

"雪珂，"他忽然说，"我不够好！我不是女孩子梦想中的男人！""别说！"她惊悸地睁大眼睛。"给我时间，让我能了解你！放心，"她急急地握他的手，"我不会变成你的包袱，更不会变成你的牵累。你知道你是什么？"

"是什么？""你是只孤鹤，你只要自由地飞翔，自由地停在任何地方，停在凤凰木上，停在梧桐上，停在竹子上，或者，停在芦苇上……哦，芦苇太脆弱了，它无法承受你。

但是，其他那些树木，还能承受你！"他站定了，两眼幽幽地闪着光。

"雪珂！"他喊了一声。

"嗯？""我不能给你什么。""我知道。""一切世俗的东西都没有。"他再说。

"我知道。我没有要求什么呀！"

"雪珂！"他低喊，突然把她拥入怀中。他在她耳边飞快地说："你太聪明，你太灵巧，你太敏锐，你太动人……你有太多的太字！雪珂，我真气我自己这样被你吸引！"他把耳朵紧压在她耳际的长发里，终于冲口而出："离开他远一点！"

她屏息。"你说什么？"她以为自己听错了。

"在我后悔说这句话以前，你听清楚。离开他远一点，每天看他接你送你，我会疯掉！"

她猝然把头埋进他宽阔的胸膛里，眼泪迅速地涌了出来。

"你无法命令我做任何事，"她坚定地说，"我会离开他，不为你，而为我和他，我不能欺骗他的感情，也不能同时爱两个人！你没说过那句话，我也没听到那句话！你听好，假若我离开他，是为我自己，与你无关！我既不要你的保证，也不要你的承诺！更不要你有心理负担！我和你一样自由！"

他的背脊挺直，眉毛高高地扬了起来，他用手搂着那小小的肩，感到那肩头的力量。是的，她是一枝竹子，一枝孤高傲世、超然挺立的竹子！她不会成为他的负担，她不会成为他的牵累……可是，在这一瞬间，他几乎认为自己希望有这份负担，要这份牵累。

第九章

　　唐万里盘膝坐在裴家的地板上，抱着吉他，对雪珂反反复复地唱着一首他新谱的歌：

　　　　蜗牛与黄鹂鸟，城门和鸡蛋糕，
　　　　都是昨夜的名词，昨夜已随风去了。
　　　　今天的歌儿改变，每个音符都在跳跃，
　　　　跳跃，跳跃，跳跃，
　　　　跳跃在你的头发上，跳跃在你的眼光里，
　　　　是你的每个微笑，是你的每个微笑，
　　　　把我的音符弄醉了。

　　他唱得很生动很迷人。但是，雪珂并没有微笑。她坐在沙发里，猛啃着自己大拇指的指甲，把那指甲都啃得光秃秃的了。她心里乱糟糟的，情绪紧张而不安定。今天下午唐万里没课，是她把他拉回家来，想好好地谈一谈。下午，妈妈去上班，家里没有人，她正好利用这个机会，和唐万里摊牌。

她不知道这位七四七有没有预感，或者他根本不准备让要发生的事发生。他一进她家门，就踢掉鞋子，盘腿而坐，抱起吉他，对她唱起歌来了。好一句"是你的每个微笑，把我的音符弄醉了"！说真的，雪珂喜欢这支歌，好喜欢好喜欢这支歌，胜过了《如果有个偶然》，胜过了《阳光与小雨点》。只因为它那么"生活"。蜗牛与黄鹂鸟，城门与鸡蛋糕，少年的词句都随风去了。今天，今天，今天的七四七可能要从云里雾里落到地面来了。她不啃手指甲了，从沙发里站起来，她必须有勇气开口！悄眼看他，他面容坦然，眼睛闪亮，唇角带着笑意。哦，他不知道她要说什么吗？还是他不肯去知道！他那么年轻，进了大学，就为了掌声和包围而活着，他的词典中，从来就没有"被拒绝"这个怪名词！

她去给自己倒一杯水，心里模糊地想着开场白。她的喉咙又干又涩，必须喝口水，清清嗓子再说。倒了水还没喝，唐万里坐在那儿开了口："也给我一杯！"她把杯子拿到他面前去，他仰头看看她，伸手握住她的手腕，然后低下头，就着她的手，去喝杯子里的水。她望着那颗满头乱发的头，一时间，真想把这脑袋抱在怀中，大喊一句："让那些意外都没发生！"真的，如果不遇到叶刚，她的世界里就只有七四七了。她低头看他，他一口气把水完全喝光，抬眼对她微笑，眼镜片闪着光，眼睛也闪着光。

她再倒了杯水，喝完了，放下杯子，她满房间乱绕，走来走去，走来走去。两只手在裙褶中绞来绞去。他又在调弦了。拿着弹吉他用的小塑胶片（PiCk）拨着每根弦，歪着头去听那弦发出的音响……她突然停在他面前了，下定决心，一本正经地说："放开那把吉他！唐万里，我有话跟你谈！"

"尽管说！"他头也不抬，继续调弦，"我听得见！"

"唐万里，"她很快地、坚决地、一鼓作气地说，"你一直是个好潇洒、好引人注意的人，在学校里，你是个响当当的人物，在校外，你的名气也不小。很多女孩子喜欢你，你自己也知道……所以，我对你不算什么……"她住了口，这个开场白很坏很坏，她睁大眼睛，咽了口口水，望着他。他的弦声停了停，又继续响起来，叮叮咚咚的，声音失去了和谐，变得有些尖利而刺耳。"你到底想说什么？"他粗声问。

"唐万里！"她被他一逼，冲口而出，"我要和你分手，我心里有了别人！"一声碎裂声，吉他的弦被他弄断了，同时，他手中那小圆片锋利的边缘，直切进他的手指肌肉里。他摔开吉他，从地上直跳起来，苍白着脸骂了句："他妈的！"

鲜红的血液从他手指上冒出来。雪珂一惊，本能地冲上前去，只看到他紧握着手指，而血从伤口中往外冒，一直滴到衣服上，她吓呆了，扳开他的手去看，惊喊着："怎样？怎样？怎么切了这么深一条？"

他用力从她手中抽出自己的手来，推开了她，他往浴室跑，寒着脸说："放心！流这么点血不会要了我的命！"

她跟着跑进浴室，他放开水龙头，用自来水冲着伤口，她找出红药水、消炎粉和OK绷，嘴里急急地嚷着："不要用自来水，当心细菌进去！过来，我给你上点药，包起来！"他伸手抢了一块 OK 绷，不管三七二十一地往伤口上一贴，反身就又奔回客厅里去。她拿着消炎粉追出来，一个劲儿地喊着："不行不行，你一定要消消毒，上上药！要不然伤口会发炎……"他站住了，挺立在她面前。他伸手从她手里取走了消炎粉的盒子，丢在茶几上。然后，他迅速地拉住她，把她拉进怀里，他的头俯下来，嘴唇紧压在她唇上。

她像被火烧到般惊跳，用力推开他，她僵直着身子，退了好几步才站稳。瞪大了眼睛，她一眨也不眨地盯着他，用牙齿咬紧了嘴唇，半天，才费力地吐出几个字来："不行。唐万里，不行。"

他站着，挺直得像一根树干。他脸上毫无血色，嘴唇发青。他的眼睛直视着她，那嬉笑的神情已完全消失。他在重重地呼吸，胸膛急促地起伏着。

一时间，室内好安静，安静得让人心慌，安静得让人恐惧，安静得让人痛苦。

似乎过了一个世纪之久，他终于开了口，声音沙哑："他是谁？"

她用舌头润着嘴唇。"你不认得的人。"她勉强地，挣扎着说，"你也不需要知道他是谁，那并不重要。"

他僵硬地点点头。"你在徐家遇到的人！"他清晰地说，声音压抑而痛楚地从他齿缝中迸出来，"那失踪的一夜。我早猜到了，你不会一个人失踪。"他狠命咬牙，咬得牙齿发出摩擦的声响。"听着，雪珂。那天晚上是我不好，我忽略了你，"

他费力地说，费力地在控制自己的骄傲，"不过，用这种方式来惩罚，未免太严重。""不是惩罚，不是惩罚！"她喃喃地说，泪水就一下子冲进了眼眶。怎么？她心里拼命在骂自己，你要和他分手，怎么又痛苦得像要死掉？唐万里啊唐万里，她心中在喊着，你是满不在乎的，你根本弄不清楚什么叫"爱"的，你和我只是玩玩的……你不在乎，你不在乎，你一定要不在乎！她吸气，忍着泪，声音颤抖着："唐万里，你瞧，你暑假就毕业了，然后你要受军训，然后你可能出去留学……大学生之间的交朋友，本来就前途渺茫……不，我真要说的不是这个，而是……而是……而是……""别说！"他急嚷，冲过来，他再度抓住她的胳膊，他眼底是一片令人心碎的惊慌失措。"不要说，不要说。"他低语，"雪珂，那天你站在游泳池里，一脸的无助，满身的阳光。那天，你已经拴牢了我。当我游到你身边，把手伸给你的时候，你可以不接受的，你可以不理我的。如果早知道有今天，那时你为什么要理我？"他摇头，拼命摇头，抽了口气，他自言自语地说："讲这些都没有用，讲这些都没有用……"抬眼再凝视她，他眼底的仓皇转为恐惧，除了恐惧以外，还有深深的伤痛。那么深，那么深，雪珂几乎可以看到他那颗骄傲、自负、快乐、年轻的心，已经被打击得粉碎了。

"唐万里！"她挣扎地喊着，泪珠在睫毛上，"你听我说，我抱歉，我真的抱歉，说不出有多抱歉……"

"不要说！不许说！"他阻止着，眼眶涨红了，"雪珂，你只是在跟我生气，我并不是木头，我知道你在生气。你太纤细了，而我太马虎了。雪珂，"他哑声说，"我会改，我会改。上次，我说不迁就你，那是鬼话！我迁就你，迁就你……"他闭了闭眼睛，脸色从没有如此阴郁："我发誓，我会改好，我会！"她再也忍不住，眼泪扑地滚落了下来。她越想控制眼泪，眼泪就流得更凶，她吸着鼻子，还想要说话。而他，一看到她掉泪，就发疯了。他用双手紧抱着她，疯狂地去吻她的眼睛，吻她的泪，嘴里嘟嘟的，语无伦次地叽咕着：

"我不好，我太不好。我一直被大家宠坏。我的自我观念太强，我不懂得如何去爱别人，我甚至不懂得什么叫爱！现在我知道了……原来失去你会让我怕得要死掉，那么，这一定是爱了。雪珂，我自私，我小气，这么久以来，我们相处在一块儿，我甚至吝啬于去说一个'爱'字，我总觉得这个字好肉麻，总觉得不必去说它！我是傻瓜！我笨得像个猪！雪珂，你心里不可能有别人，那个人绝没有这么大的力量，在短短几天里让你改变！让你改变的是我，我的粗心，我的疏忽，我的自私，我的盲目和自大……这些该死的缺点让你伤心，是我伤了你的心，是我，是我，是我……那个晚上，掌声让我迷失，我居然去注意别的女孩而疏忽你，是我该死……"

"不！不！不！"她低喊着，慌乱地想挣开他的胳膊，但他把她箍得死死的。泪水如泉涌出，奔流在她脸上，掉落在他们两人身上。她的心脏绞扭成了一团，她的思绪也乱得像麻一样了。再也没有想到摊牌会摊成这样的场面，再也没想到，整日嘻嘻哈哈的唐万里，会说出这些话来。更加没想到的，是他那份感情！不能相信，真不能相信！他从没有这样强烈地向她表白过！从没有这样低声下气、委曲求全过！他是那么粗枝大叶的，是那么满不在乎的！"不！不是你错！"她哭着低喊，"唐万里，你一定要听我说！不要打断我，你一定要听我说！事情已经发生了，第三者已经介入了！我不能骗你……"她哭得更厉害。"我……我……我还是你的好朋友，永远是你的好朋友！男孩和女孩之间，除了爱情，还有友情，是不是？是不是？"他停止了嘟囔。他盯着她看。他用衣袖为她拭泪，手指抓着袖口，他把衣袖撑开来，吸干她的泪痕。很细心，很专注地吸干那泪痕，好像他在做一件艺术工作似的。"为什么要哭？"他低声问，"摆脱一个讨厌的男孩子用不着哭！""你明知道你不讨厌，你明知道你是多可爱的！"她嚷着，从肺腑深处嚷了出来。他歪了歪头，眼光怪异。

"谢谢。"他短促地吐出两个字来。放开了她，他转身走开，去找他那断了弦的吉他。拿起吉他，他挺了挺背脊，深呼吸，扬着下巴，似乎努力想找回他的骄傲和自信。然后，他走向房门口，他终于走向门口，预备走掉了。他的手搭在门柄上，伫立了片刻。"明天，还要不要我来接你去学校？"他忽然问，并没有回头。"不。"她用力吐出了几个字，"不用了。"

他转动门柄，打开房门，他身子僵得像块石头。举起脚来，他预备出去了。忽然，他"砰"地把房门关上，迅速地转过身子，背脊紧贴在房门上，他面对着她，没有走。他在房门里面。"告诉我怎么做，"他大声说，"怎么做能让你回心转意？告诉我！"她惊悸地睁大眼睛，惊悸地摇头。

他眼中充血，布满了红丝，他看她，眼神变得狂乱而危险起来，他生气了，他在强烈的压抑之后，终于要爆发了。她把整个身子靠在墙上，下意识地等待着那风暴。等待着他的怒火与发作。他又向她一步步走过来了，青筋在他额上跳动。他左手还拎着他的吉他，他的右手僵僵地垂在身边。他逼近了她，抬起右手，他想做什么？掐死她？

她一动也不动，眼睛静静地、茫然地大睁着。

他的手摸着她的脖子，手指因弹吉他而显得粗糙。他的手滑过那细腻的皮肤，往上挪，蓦然捏住了她的下巴。他用力捏紧，她颊上的肌肉陷了进去，嘴唇噘了出来，她因疼痛而轻轻吸着气。"你怎么可以这样做？"他憋着气问，"你怎么可以把一段感情说抛开就抛开？你怎么可以轻易吐出'分手'两个字？你的心是用什么东西做的？大理石？花岗岩？你——"他咬牙切齿，"怎么可以这样冷血？这样残酷？这样无情？"

她死命靠在墙上，死命吸着气。

他忽然放松了手，把嘴唇痛楚而昏乱地压在她唇上。

她没动，她和他一样痛楚，一样昏乱，而且软弱。

他抬起头，眼眶湿漉漉的。

"世界上的女孩，绝不止你一个！"他甩了甩头，认真地说，"祝你幸福！"他很快地转身，大踏步走向门口，转动门柄，这次，他真的走了。她目送他的身影消失，眼看着房门合拢。她忽然像个泄了气的皮球，整个人都瘫下来了。

第十章

一段昏昏沉沉的日子。

唐万里不再接她上课，送她回家了。但是，在学校里，他们还是要碰面，遇到了，他总是默默地瞅着她好一会儿，然后一语不发地掉头离开。她想跟他说话的，可是，说话变得那么艰难了，她不知道该说些什么。这才体会过来，男女之间，假若结束了一段情，就会连友谊都不存在。唐万里虽不说话，他浑身上下，都带着隐隐的谴责与恨意，这吓住了雪珂，她开始极力避免和他见面了。

而另一方面，她几乎和叶刚天天见面了。叶刚有时会开车来学校接她，因而，两个男生曾遥远地打过照面。这影响很不好。唐万里的几个死党，阿光、阿礼、阿文、阿修都气坏了。阿文就曾经在餐厅里，大庭广众下，摩拳擦掌，捶着桌子大叫："这年头，女孩子虚荣得离了谱，谁家有车子跟谁跑！阿光！咱们砸车子去！""不要没风度，"比较成熟的阿礼说，"车子不是关键，关键在于我们还是学生，学生就有那么多无可奈何！可能，七四七缺少的是年龄、经验和手腕。""不管关键在哪儿，"阿文叫得整个餐厅里都听到，"我发誓要去砸车子！咱们学校，好像专门出产这种女孩，以前有著名的古家大小姐，现在又来个裴家小妹子！"

古家大小姐指的是有名的学士影星古梦，以唱西洋歌曲闻名而走上影坛，一时间，名流才子，富商巨贾，都曾拜倒在她石榴裙下。"如果去砸车子，不如去砸人！"阿光一语中的，"砸车子有什么用？""你们每个人都少动！"唐万里阴阴郁郁地开口，"不要让别人嘲笑我唐万里！输了就输了，难道还撒泼耍赖吗？"

餐厅这一幕，第二天就被雪珂最要好的女同学郑洁彬绘声绘色、添油加醋地说给雪珂听了。郑洁彬最后还用崇拜的、惋惜的语气，幽幽然地加了一句："那个七四七啊，实在是个人物！真不懂你怎么会放弃七四七！"雪珂默然不语。七四七，唐万里。她心中恻恻然、凄凄然、惶惶然，充满了酸楚之情。但是，当她见到叶刚的时候，就什么都忘了、什么都记不住了、什么都顾不得了，眼睛里就只有叶刚了。叶刚不会对她唱情歌，叶刚不会对她弹吉他，叶刚也不会说些古里古怪的话让她笑痛肚子。叶刚是完完全全另外一种人，他深沉、孤傲、性格成熟而男性。在唐万里面前，雪珂觉得自己是个"女孩"，在叶刚面前，她觉得自己是个"女人"。这一字之差是相当微妙的，或者，在每个"女孩"的某段时期中，都渴望自己像个"女人"，雪珂刚好在这段时期里。餐厅风波之后，雪珂不让叶刚去学校接她了。他们总约好在某个地方碰面，然后他开车带她去各种地方，包括他的单身公寓。第一次发现他住在"上品"大厦的一个单身公寓里，使她十分惊奇。那间公寓是个小单位，只有一厅一房，装修得很男性，墙上完全用黑白两色的建材拼成条纹图案，地毯是白的，沙发是黑的，所有家具，一律用黑白二色。给人的感觉既强烈，又单纯。那晚，她是从学校直接和他会合，一起吃了晚餐，就到了这公寓。进屋后，他对她微笑地说：

"我叫这儿作我的第三窟。"

"'第三窟'？多奇怪的名词。"

"我是只狡兔。"他笑着，给她冲了杯热茶，"你知道狡兔有三窟。我的第一窟是我父亲家，在敦化南路的环球大厦，我很少住在那儿。我的第二窟，在南京东路我办公大楼里，有时我工作得很晚，就住在那儿。这里，是我的第三窟……"

"当你交女朋友的时候，"她很快地接嘴，"你就带到这儿来。"他斜睨着她。唇边欲笑不笑的。

"不要太敏锐，"他说，"人，迟钝一点比较好。"

"那么，我说对了。"她环视四周，墙上有张画，黑白的素描，画着一片莽莽苍苍的原野，原野上有栋孤独的小房子。她对着那张画出神。"你说错了。"他稳定而安详地说，"你是第一个走进我这公寓里的女孩。"

她从画上收回眼光，瞪视他。

"骗人！"她说。"决不骗你！"他肯定地说。

"包括——"她没说下去。

"包括任何人！"他把她牵到沙发边，"你为什么不坐下来，让自己舒服一点？"她坐进沙发里，再看这房子，纯白的地毯纤尘不染，黑色的巧克力茶几黑得发亮。沙发中，有几个白缎子的绣花靠垫，她拿起来，白缎上很中国化地绣着几枝墨竹。竹子潇洒挺秀地伸着枝丫，几片竹叶，栩栩如生地、飘逸地、雅致地点缀在枝头。她忽然明白他叫她坐进沙发里的原因了。她打赌这靠垫是为了带她来而定做的。她抚摸着靠垫上的竹叶，心中模模糊糊地涌起几个句子，是她在书上看来的。她不知不觉就喃喃地念了出来："问谁相伴？终日清狂。有竹间风，樽中酒，水边床。"

"你在叽咕些什么？"他新奇地问。

她抬眼看他，心中充塞着某种奇异的诗情画意。

"你说这间公寓只有我来过？"她说，"我好像看到一个孤独的你，在这房里度过的朝朝暮暮。我刚刚在念几句宋词，我背不出全体的。可是，里面就有这样几句，前面还有两句，说的是那个人怎样孤孤单单地度过年年岁岁。"

他在她身边坐下来，凝视着她的眼睛，低声说：

"念给我听。"

"我把它改一改好吗？"

"好，随你怎么改。"

"那人已惯，抱枕独眠，任盏盏孤灯，催换年光。"她喃喃地、优美地、柔和地念着，"问谁相伴，终日清狂？有朝朝日出，竹叶鸣廊。"她把"灯海"和"日出"都嵌进句子里，不只灯海和日出，还有竹子。

他更深地看她、更低地说：

"再念一遍。"

她卷着嘴角，微笑。"干什么？"她问，"念这些古董，不是有些傻气吗？"

"请你再念。"他说，"我从没听过这么好听的句子。那些灯海、日出、竹叶，不是古董吧？"

"不，不是。"她说，于是，她又念了一遍。

他拥她入怀，吻住她。好温柔好温柔地吻住她。抬起头来的时候，他的眼睛深黯得像海，有海般的蕴藏，有海般的平静，有海般的疯狂。"不行。"他说。"什么东西不行？"她不解地问。

"你。""我怎么了？""你让我陷得太深。不行，雪珂！想办法离我远一点。我不能陷下去。从来没有这样的经验，从来没有这样神魂颠倒。我觉得我像站在一个太空隧道的入口，马上就要掉进去，然后我会飘呀飘的，身不由己地飘到你的世界里，被你牢牢地困住。"她看了他好一会儿，然后，她的手围上来，围住了他的脖子，她低低地、轻轻地说："好好爱我，不要怕我。我永远不会用未来、责任，或者婚姻来拘束你，我并不了解你这种人。可是，你存在着。而我，我很贱！……"她用了一个很重的字"贱"，"或者，人性都很贱，有人要把他的全世界给我，我不要，却甘于在你这儿占一席之地。"他打了个冷战。"再也不许用那个'贱'字！"他说，"如果你有这种感觉……""你就把我放掉？"她敏锐地接口。

"雪珂！"他喊着，"人不能太敏锐。"她又接口："唉！叶刚，"她叹气，"你把我的生活已经弄得乱七八糟了，而我甘愿！甘愿！甘愿！你猜怎么，我像《猫桥》里的瑞琴。"

"猫桥是什么？"他又新奇地问。

"是一本翻译小说，德国作家苏德曼的作品！不要问我它写些什么？去找这本书来看看。"

"好。"他应着，"你脑子里还有些什么古里古怪的东西？"

"现在吗？"她反问，"是的。唯一的东西：你。"他惊叹。把她的头揽在胸前，紧紧紧紧地拥着。

日子就是这样迷失而混乱地滑过去，每个迷失中有他的名字：叶刚，叶刚，叶刚。不知道怎么会陷得这样深，不知道怎么会这样疯狂和沉迷。每天等着和他见面，每次相聚就是一次狂欢。这种生活是瞒不了别人的，这种生活是反常而怪异的。裴书盈在惊怯中去发现了这个事实：七四七不再来了，雪珂正飘离在"轨道"以外，失去了航线，失去了方向。

于是，一个深夜，裴书盈等着雪珂回来。

"雪珂，你为什么不把他带上楼来？"她问，"我从来没有妨碍过你交男朋友，是不是？如果你在逢场作戏，你不能把戏演得这么过火。如果你在认真，就应该把他带来，让我也认识认识。""哦，妈！"雪珂愣着，"你最好不要见他。"

"为什么？""因为——我跟他是不会有结果的。"她几乎是"痛苦"地说。裴书盈陡地一惊："怎么？他是有妇之夫？"

"不，不是。他没结过婚。"

"那么，你并不爱他？"

"哦，不！"雪珂长叹着，坦白地说，"我真想少爱他一点，就是做不到！"裴书盈大大地惊慌而且注意了。

"雪珂，"她有些紧张地说，"你最好跟我说说清楚，他是怎样一个人。""他是个深不可测的人，"雪珂正经地说，"我到现在还不能完全测出他的分量，也不能完全看透他。他像森林、像海、像夜、像日出……带给我各种惊奇，震动，和强大的吸引力。哦，妈妈，"她无助地说，"我完了，我这次是真真正正地完了！"

裴书盈瞪着雪珂。心里乱成一团，那种母性的直觉已经在唤醒她，不对劲了。什么都不对劲了，这个像森林、像海、像夜、像日出的男人一定颇不简单，能让雪珂如此神魂颠倒一定不简单，像森林、像海、像夜、像日出……是"神"吗？还是"鬼"？"为什么你说'完了'？"裴书盈提着心问，"如果你能这样爱他，也是件好事。为什么不让我见他？"

"因为……因为……"雪珂困惑地蹙着眉，"我怕把他吓跑了。我不敢，他不是那种男人，他不属于家庭和婚姻，他是个独身主义者！""什么？"裴书盈错愕地瞪大了眼睛，"什么叫不属于家庭和婚姻？如果是独身主义者，为什么要恋爱……"

"妈妈！"雪珂激烈地喊，"你不至于认为恋爱的目的都是要结婚吧！你比一般母亲更该了解到，婚姻可能是爱情的刽子手！你也结过婚，剩下了什么？妈妈，或者独身主义者，都是这类家庭的副产品！"裴书盈的脸色刷地变白了。她动也不动地坐着，顿时哑口无言。雪珂立刻后悔了。干什么呢？

干什么攻击到母亲身上来呢？她已经对她尽心尽力了，她懊恼地站着、懊恼地咬着嘴唇，然后奔到母亲的身边去。她用双手围绕着母亲的脖子，弯腰去吻她的面颊、吻她的颈项。

"妈妈，对不起。"她喃喃地说，把面颊埋在母亲肩上，"我不是怪你。我只是帮叶刚解释，他父亲视婚姻如儿戏，他自幼就恨透婚姻……他就是这样一个人！如果我只和他恋爱，可能恋爱得长长久久，如果要结婚，他会逃走！妈妈，我不要他逃走！我不管婚姻是什么，我要的是他，不是一个契约。我就是不要他逃走！"裴书盈心惊肉跳地听着这一番表白。她握住雪珂的手，把她拉到自己面前来，雪珂在她身边的沙发上坐了下来。她抚摸雪珂的头发，抚摸雪珂的面颊，忽然泪盈于睫。

"雪珂，"她柔声轻唤，"我知道我给你作了一个很坏的榜样……""不是！妈妈！"雪珂焦灼而激动地说，"这件事与你无关。事实上，反对婚姻的不是我，是叶刚！而他的理由和论调都很能说服我……""雪珂！"裴书盈打断了她，"我只问你一句话，不结婚，你预备怎样和他长长久久在一起？"

雪珂愣了愣。"妈，"她勉强地说，"我没去想这问题。但是，这并不是一个问题。妈，你大概不知道，现在许多大学生都已经同居了。"裴书盈浑身掠过一阵战栗。

"那么，你是想同居？"

"噢。"雪珂烦恼万状，"我并没有这么说！我只觉得，婚姻和同居的区别不过是多一张合约，一张随时可以解约的合约，说穿了也没什么意义！再有，就是传统的道德观念，在这种道德观念下，连离婚也是罪恶！对不对？那么，我们何必一定要去背这个传统的包袱呢？"

"这些观念，是他灌输给你的吗？""不完全是，大部分，是我体会出来的。"

"那么，你有没有体会出来，婚姻也可能不是法律和道德观念的产物，而仅仅是两个相爱的人，彼此间心甘情愿地要奉献自己？雪珂，我是个离过婚的女人，可是，至今，我尊重婚姻。因为，在我走上结婚礼堂的时候，我是一心一意要永永远远地奉献我自己，我甘愿被套牢。尽管后来这婚姻失败了。但，结婚时，我们两个都很虔诚。都有爱到底的诚意。我并不是攻击叶刚，我就是弄不懂，如果他真心爱你，他为什么不想拥有你？""他想的，"雪珂辩解着，语气里已带着些勉强，"用他的方式来拥有，不是用世俗的方法来拥有。"

裴书盈深深切切地看了雪珂好一会儿。

"雪珂，"她终于说，"唐万里有什么不好？"

"哦！"雪珂疲倦地、无可奈何地倒进沙发里，用手压着额，"他很好，唐万里很好，我想到他，还是心痛心酸的！可是，妈妈，我没办法！哪怕这是个错误，哪怕叶刚是个火坑，我都已经跳下去了！"裴书盈惊惧地看着雪珂，惊惧地体会到她那一片深情。她无法再说话，只是心慌意乱地想着，那个叶刚，那个像森林、像海、像夜、像日出的男人，到底是何方神圣！到底要把雪珂带到什么地方去？

第十一章

　　这天下午，雪珂又被徐远航叫到家里来了。经过母亲的盘问，现在轮到父亲了。"雪珂，我做梦也没想到，你居然会和叶刚混在一起！你是发了昏了，听我的，你必须和他马上断绝来往！"徐远航在他那大客厅里，激动地嚷着。整个客厅中，所有的人都避开了，当然，林雨雁绝不在场。雪珂缩在一张沙发里，闷闷地啃着手指甲，被动地听着徐远航的大吼大叫。心里模模糊糊地想，你去反对吧！你有反对的理由，你无法忍受叶刚，你当然无法忍受他！因为他和你那"小妻子"曾有过一段情！天哪！她混乱地想：人与人之间，怎可能造成如此复杂的关系？是的，婚姻，都是婚姻惹的祸！"姻亲"造成很多莫名其妙的人际关系。还好，叶刚不是雨雁的亲人，假若那天她在婚礼上碰到的不是雨雁的旧情人，而是雨雁的亲人，例如是她哥哥，假若她和雨雁的哥哥恋爱不知是否有乱伦罪？她的心思飘远了，飘远了，飘远了。

"雪珂！你有没有在听我说？"徐远航站定在她面前，瞪视着她，"我告诉你，叶刚绝不是一个好女孩的物件，他会伤害你，当你受到伤害再撤退就太晚了，你听到没有？你必须和他停止来往！马上停止！"

雪珂努力把思想集中，注视着父亲。徐远航那么严肃、那么严重、那么激烈，他不像平常的父亲了。徐远航是酒，酒一样的温柔，即使四十五岁，仍然让二十岁的少女发疯。现在，父亲不是酒，他是冰山，能让泰坦尼克号邮轮沉入海底的冰山。不过，雪珂每个细胞每根纤维都知道，她不是泰坦尼克，父亲的严峻绝对影响不了她。

"爸，"她坚定而清楚地说，"你打电话叫我来，你说有重要的话和我谈。现在，我来过了，你也谈过了，是不是可以让我走了？""雪珂！"徐远航喊着，不相信似的凝视她。他咬咬牙，蹙紧眉头，坐进雪珂面前的沙发里。"雪珂，"他再喊，声音放温柔了，他在努力让语气平和、诚恳，"你听一点道理，好不好？""这事根本没道理！"雪珂挺起背脊来了，"我遇到一个人，我和他恋爱了。这是我和他两个人之间的事，与别人都没有关系！你可以不喜欢他，妈妈可以不喜欢他，全世界都可以不喜欢他，只要我喜欢他！现在，你已经表明了你的态度，我也表明我的态度。爸爸，你不能干涉我的感情生活，正像我不能干涉你一样！别以为，我对你的再婚很开心，别以为，我能接纳你那个年纪轻轻的小太太！但是，我能怎样？我对你说过残酷的话吗？我贬低过林雨雁吗？说实话，爸爸，只因为在血统上你是我父亲，我小了一辈，所以变得无权说话。在道理上，我们的地位是平等的！我无法干涉你，你也无法干涉我！"

徐远航惊异地听着，看了她一会儿。他沉重地呼吸，胸腔在剧烈地起伏。"我不是干涉你，"他摇摇头，悲哀地说，"而是爱你。雪珂，我不否认，我不是个尽了责任的爸爸……"

"又来了！"雪珂从沙发里跳起来，不耐地走到窗边，烦恼地用手卷着窗帘上的穗子，压抑地说，"几天以来，我就听妈妈说对我有多抱歉，听她说她是个不尽责任的母亲！现在，你又来同样一套！好像我和叶刚恋爱，是因为你们两个离婚了的关系，你们难道不明白，这之间一点关系都没有吗？"

"有关系。"徐远航轻声说，"如果我不和你妈离婚，你根本没有机会遇到叶刚！"雪珂从窗前抬起头来。

"爸爸！"她一个字一个字地说，"他并不是魔鬼！他也是你家的朋友！"她故意用"你家"两个字，来囊括其他人物。

"是。"徐远航短促地说，"所以我更加自责。雪珂，"他盯着她，非常固执地，"我要你和他断绝来往！"

"不。"雪珂简短而坚定，她瞪着徐远航。心里迅速地冲上一股怒火，父亲怎能这样霸道，又这样无情！他凭什么对她说"我要你和他断绝来往"？仅仅因为他是父亲，仅仅因为他不喜欢他？还是因为叶刚曾是他的"情敌"？是了，从"情敌"变为女儿的男友，这使他太难堪了！这就是父亲，他只是不能忍受这种难堪！"你一定要和他断绝来往！"徐远航再说，声音里已带着强烈的命令意味。"不，不，绝不。""你被鬼迷了心了！"徐远航气冲冲地站起来，满屋子乱走，语气已非常不稳定，"你知道，叶刚不是你幻想中的人物，他儿戏人生，玩弄感情，他和你的恋爱，永远不会有结果！"

"我们又兜回到老问题来了，"雪珂无奈地说，"你所谓的结果就是婚姻！""那么，你所谓的结果是什么？"徐远航烦躁地问。

"我没有所谓的结果，"她沉声说，"结不结婚对我都没关系，我只要两人相爱。""如果有一天他不爱你了呢？"

她怔了怔，抬眼看父亲。

"像你不爱妈妈时一样吗？你们结过婚，那时你怎么做的？""雪珂！"他怒喊，"好，今天我没办法和你讲理！我自己立场不稳，说什么你都不会听！你走吧！我不跟你谈了。但是，我告诉你——"他强而有力地说，"我会不计代价让你们两个分开！你不听我，没关系，我会找叶刚来谈！"

雪珂扬起睫毛，不信任地看着父亲。

"你不会的！"她说。"我会！"徐远航坚定地说，"我会叫他离开你，我会告诉他他正在摧残一个美好的生命……"

"他不会听你！"她再说。

"是吗？试试看！他会听我！"徐远航盯着女儿，"他会听我，因为在他骄傲的外表之下，他有一颗根本不能面对现实的、充满自卑感的心！我会唤醒他的自卑感！我会的！"

雪珂惊愕万状地望着父亲，忽然浑身冰冷。她体会出了一件东西，父亲有一句话可能是对的，在叶刚骄傲的外表下，他有颗自卑的心！她觉得从内心深处冷出来，一直冷到背脊上。她直直地看着徐远航。为什么呢？为什么要这样恨他呢？为什么要这样仇视他呢？忽然，她觉得，自己可能做错了，她不该和父亲吵，不该说些强硬的话，这只能刺激父亲使他更生气，她该软化一些，她该去"求"父亲谅解。她待了好几秒钟，然后，她走过去，握住了父亲的手。

"爸爸，"她的声音软了，软软地充满真挚的恳求，"不要那样做。求你不要。这些年来，我虽然没跟在你身边，但是，你一直知道，我对你有多崇拜多依恋的。依恋得连你和林雨雁结婚，我都吃醋。爸爸，你不要去做一件会让你后悔的事。如果你真拆散了我们……"她忽然哽塞了，泪水涌进眼眶中，她激动地、呜咽地说："我会恨你，恨死你！而且，如果你真拆散了我们……我的生命，也没有什么意义了！你去做，做到了，我自杀！""雪珂！"徐远航惊喊，被她这几句话完全吓呆了，"你在威胁我……""是威胁，很认真地威胁！"雪珂抓起桌上的皮包，转身往大门跑，"不过，我会说到做到的！我一定会！"她用手捂着嘴，哭着跑出了徐家的大门。

这天晚上，当她和叶刚在他那公寓里见面的时候，她的心情仍然没有平复，她看起来苍白、疲倦、憔悴，她眼底有失眠的痕迹，下巴尖尖的。她眉端轻蹙，举手投足间，都带着种说不出的哀愁与无可奈何。叶刚注视着她，很深刻地注视着她，她所有的烦恼，都没有逃开叶刚的眼光。"什么事，雪珂？"他柔声问，"你有心事。"

"嗯。"她轻哼着，斜靠在沙发中，看了叶刚一眼。叶刚的眼神温柔而细腻，带着宠爱，带着怜惜。和叶刚认识这么久，她熟悉他每种眼神，无论何时，他眼神中总是带着抹令人莫测高深的冷傲。即使在他最热情的时候，他也有这种冷傲。可是，今晚的他很温柔。唉！在他这样温柔的时候，何必去破坏气氛呢？她捧着茶杯，啜着那清香而沁人心脾的包种茶。逃避地低语了一句："没有事。"

他从她手中取走茶杯，用双手紧紧地握了握她的手。再举起手来，轻轻地拂开她额前的一绺短发，托起她的下巴，他很仔细地看她的眼睛。"你知道吗，雪珂？"他说，"你的眼睛藏不住秘密，每次你心里不高兴或烦恼时，你的大眼睛就变得迷迷蒙蒙的，而你那很黑很黑的眼珠，就会变成灰色。现在，你的眼睛就是这种情况。告诉我，是什么在困扰你？是那个七四七吗？"

是的，七四七也是问题，七四七总让她有内疚和犯罪感，七四七总让她心中痛楚而惶惶不安。

"不完全是七四七。"他低声说，"你还有另外的问题……"他又在穿越她的思想了，这种穿越力是让她又惊异又震动的。从没有人像他那样能看透她！"为什么不说话？是——"他犹豫地吐出来，"是我让你受委屈了吗？"

她惊跳地抬眼看他，他那深邃的目光那么深刻啊！他的每个凝视都让她心跳，让她心动，让她心酸。这种眼光不许看别的女人啊，如果他有一天变心，她也是只有一条路可走了。她想着想着，眼眶就湿了，睫毛也湿了。是的，不要他的保证，不要他的承诺，不要他有负担，不要他的契约，不要世俗的一切东西……什么都不要，只要他爱她！但是，正像妈妈说的，"爱"里面难道不包含承诺、负担、保证吗？她注视着这对深邃的眸子，问不出口，说不出口，只是痴痴地切切地注视着他。这带泪的凝视使他震动而不安了。

"雪珂，"他低唤，"什么事？什么事？告诉我！请你告诉我。"他吻她冰冷的手指，吻她冰冷的面颊，吻她冰冷的唇："你怎么浑身凉凉的呢？"他问，"你冷了吗？我拿件毛衣给你披一下。"她拉住了他。"别走，"她哑声说，"我不冷。"

"你冷。"他说，"如果你的身体不冷，就是你的心情很冷。"

"你这么能看透人呵！"她说，"那么你一定看透我所烦恼的事了。""不。我看不透。只猜得出——反正，与我有关？"

"是，与你有关。"她想了想，"不过，我不要你困扰，我也不要你介入，所以，你不必再问我了。"

他看着她。"是你母亲还是你父亲？"他忽然问，"他们反对你跟我来往吧！因为我是个不负责任、痛恨婚姻的人！跟我在一起，你的未来会变得空洞而危险，本来，我就是个空洞而危险的人。是吗？他们反对了？他们责备你了？他们要阻止你掉进陷阱，怕你永世不得翻身了？"她迅速地看他，扬着睫毛，满心惊诧。"你……"她嗫嚅着，浑身软弱而无力，"你什么都猜到了！"他定定地看了她一会儿，突然间，他站起来，一个人走到远远的窗边去。他燃起了一支烟，开始急速地吐着烟雾，用手撑着落地玻璃窗，他望着窗外的景物：在夜色中，台北市的万家灯火正在闪烁着。他就那样站着，眺望着万家灯火，抽着烟，默然不语。她注视着他的背影。有些心慌、有些痛楚、有些迷惘地注视着那背影，心里疯狂地想着：爱是什么？爱是什么？爱到底是什么？一句承诺真的那么可怕吗？一句保证真的那么可怕吗？即使"生死相许"也不肯有句誓言吗？母亲提出的问题开始在她心中激荡；即使"生死相许"也不甘心被套牢吗？你真爱我？你真懂得爱吗？忽然间，她迷惑地想起，七四七那天对她表白"爱"意，自责不该吝啬于说"我爱你"这句话。可是，叶刚对她说过"爱"字吗？他承认过爱她吗？他说过"要"她吗？她浑身冷战。他仍然站在那儿，死命地抽着那支烟。她也死命地盯着他的背影。怎么？她居然无法摆脱父母给她的影响，尽管她在父母面前强硬而坚决，此时此刻，她却软弱得一点信心都没有。他爱她吗？他要她吗？真正爱她吗？真正要她吗？

　　忽然间，她再也坐不住，从沙发中跳起来，她奔向他，想也不想，就从他背后一把抱住他的腰，把面颊贴在他的背上，她战栗地低喊："叶刚，你到底要不要我？给我一句话，让我可以去回答我的父母！"他浑身都僵硬了。背脊挺直，他站立在那儿动也不动。她的心往地底沉下去、沉下去、沉下去……无尽无止地沉下去。他是谁？叶刚？一个名字？一个敢爱而不愿被套牢的男人？她的心继续往下沉、继续往下沉。回答我啊，叶刚！不要这样沉默，叶刚！倏然间，叶刚回过身子来了，推开她，他径直去桌边熄掉了烟蒂。然后，他抬起头来，瞪视着她，他的眼神变得那么凌厉、那么冷漠、那么阴沉，所有的柔情蜜意、细腻、温柔……全体不见了。"原来，你和所有的女孩子一样！"他急促而尖刻地说，"你和她们都一样！如果我对你表示了感情，你就急于要捉住我！你要我给你父母一句话，给他们什么话？"他提高了声音，怒气飞上了他的眼角。"我一生不向任何人交代什么！我没有骗过你！我不能给你父母任何话！假若你要做个乖女儿，回到你父母身边去！回到七四七身边去！我早就告诉过你，我不会为了见鬼的爱情而把自己关到笼子里去！即使为你，我也不会！我以为你是与众不同的，我以为你和我是同一类人，我以为你是脱俗而超然的，结果，你要的依然是一般人所要的东西：婚姻、保障、诺言，和一个被你拴着鼻子的男人！"他重重地摇头，声色俱厉，"不！雪珂，我懂了！我认清你了！我要不起你！"她仓皇后退，仓皇地仰头看着他，仓皇地退到门边。她的身子紧靠着门，眼睛睁得好大好大。张开嘴，她想说什么，却吐不出声音。她眼前的叶刚，忽然变得那么陌生、那么遥远、那么缥缥缈缈……她无法整理自己的思想，她不知道自己是不是错了，但是，她内心深处却那么尖锐地体会到"受伤"的滋味。爱是什么？爱到底是什么？她不了解了，她完全不了解了！她也无力去想，去研究，她被自己那越来越强烈、越来越加重的"受伤"感所挫折了。她被自己那挖心挖肝般的痛楚所征服了，张着嘴，她只是不停地吸气，半晌，她才"依稀"听到一个声音，"仿佛"是发自她的嘴中：

"你不要我，你从来就没有要过我，爸爸妈妈对了，你对我只是逢场作戏！你没有爱我，你不敢爱我，因为爱的本身就是责任！我也懂了，我也懂了……"

"是！"他大声吼，面部的肌肉扭曲了，眼光更加凌厉了，眉毛可怕地结着，整个脸孔都狰狞起来："我是魔鬼！我是专门玩弄感情的魔鬼！你懂了！你懂了你就赶快逃！"他逼近她，那狰狞的双眸在她眼前像电影特写镜头般扩大，"你对了！我只是逢场作戏，爱得久，就是戏演得久，我的爱里没有责任！你要负责任的爱，去找你那个民歌手！去呀！去呀！去呀！你不要在我面前来折磨我，你去！快去！"

她整个人像张纸似的贴在门上，她已经退无可退，仰着头，她继续睁大眼睛瞪着他。心里痛苦至极地体会到，这就是结束。这就是结束。这就是结束。她受不了这个！或者，她从没有得到过他，但是，她却承受不起这"失去"。忽然，她觉得骄傲和矜持都没有了，忽然，她觉得自己卑微得就像他脚底的一根小草。忽然，她觉得只要不"结束"，什么都可以容忍，什么都可以！她挣扎着，费力地、艰涩地、卑屈地吐出了几个自己都不相信的句子："我……我错了。不要……不要赶我走！请你……不要生气，我……我不要你负责任，不要……诺言，不要……不要……什么都……不要……"

"你撒谎！"他大喊，凶恶而暴戾。连她的卑屈都无法使他回复人形。他又成了那个会"乱箭伤人"的怪物，他所有的"箭"都向她射过来了。"你要的！你什么都要！你是个假扮清高的伪君子！你虚伪！你庸俗！你平凡！你根本不是我心目里的女孩！我轻视你！我轻视你！我轻视你！"他对她狂喊着。"不！不！不！"她摇头，拼命摇头。"叶刚，"她喃喃低唤，苦恼地伸出手去，"叶刚，叶刚，不要吵架，我……我……"她被自己那卑微吓住了，喉咙哽着，神志昏乱，她吐不出声音来了。"你走！"他狂乱地推开她的身子，粗暴地打开大门。铁青着脸，双目圆睁，他对着她的脸再大吼了一声："你为什么不滚回到你原来的地方去！"

她用双手抱住耳朵，终于狂喊出声：

"你这个疯子！你这个刽子手！你杀掉我所有的感情了！我走！我走！我再也不会回来，我再也不要见你！我走！我走！我走！……"她终于反身直奔出去。

第十二章

深夜。雪珂是怎么回到家里的，她完全记不得了。只模糊记起一些片段的事，自己曾去搭公共汽车，曾走过一段长长的路，曾站定在某个街头，毫无目的地数街灯，曾停留在平交道前，目送火车如飞驰去……还做过些什么，不知道了。时间和空间对她都变得没意义了……但是，最后，她还是回了家，回到她和母亲相依为命的那个家。

裴书盈一见到雪珂就吓得傻住了。雪珂的脸色惨白得像她的名字，嘴唇上一点血色也没有。整个身子摇摇晃晃的，像个用纸糊出来的人，正在被狂风吹袭，随时都会破裂，随时都会倒下去。她惊呼着扑过去，惊呼着扶住雪珂，惊呼出一大串话："你怎么了？雪珂？你撞车了吗？你受伤了吗？在哪里？你伤到了哪里？"她急促地去摸索她的手臂、肩膀、额头和腿。只有失血过多才会造成这样彻底的苍白！她抖颤的手在她全身掠过，找不到伤口，最后，雪珂握住她的手，把那只母性的、温暖的手，压在自己那疼痛万状的心脏上。

"妈妈，"她柔声轻唤，"我想，我快要死掉了。"

裴书盈更加心慌意乱，她急忙把雪珂带进卧室，雪珂一看到床，就立即倒到床上去了，直到此时，她才觉得崩溃了，崩溃在一种近乎绝望的疲倦里。

"你躺好，我打电话去请医生！"裴书盈拉开棉被，盖住雪珂，发现她全身都冰冰冷。

雪珂伸手拉住了母亲。

"妈，别请医生，我没事。"她轻轻蹙着眉，正努力地、细细地整理着自己的思想，回忆着发生过的事情，"我真的没有事，你不要那样害怕。我躺一躺就会好，我只是……在付代价，我想，我在付成长的代价。"她忽然钩住母亲的脖子，含泪说："妈妈，我爱你。"立刻，泪水冲进裴书盈的眼眶，她双腿一软，就在雪珂床边坐了下来。她凝视着雪珂，发现她的面颊稍稍恢复了一些颜色，她的手，在她那双母性的手的呵护下，也逐渐暖和起来了。她盯着雪珂看，那么脆弱又那么坚强啊，这就是她的女儿。她浑身都是矛盾，矛盾的思想、矛盾的感情、矛盾的意志、矛盾的欲望……她说过，她是矛盾综合体！什么都矛盾，连聪明和愚笨都同时并存。这就是她的女儿。但是，她现在是真正受了伤了，受了很重的伤了。要让一个矛盾的人受重伤并不容易，因为他总有另一个盾牌来保护自己。是谁让她这样彷徨无助呢？是谁让她这样绝望而憔悴呢？她用手紧握雪珂的手，拍抚着她，温暖着她。但愿，在这种时候，"母亲"还能有一点用！"要喝一点什么吗？"裴书盈柔声问，"我给你弄杯热牛奶，好不好？"

"好。"雪珂顺从地说，神志清楚多了，思想也清晰多了，只有心上的伤口，仍然在那儿滴着血。

裴书盈端着热牛奶来了，雪珂半坐起身子，靠在床背上，身后塞满了枕头，用双手握着牛奶杯，她让那热气遍布到全身去。喝了一口牛奶，那温温的液体从喉咙口一直灌进胃部，她舒服多了。哦，家，这就是家的意义。虽然只有母女二人，仍然充满了温暖，仍然是一个安全的、避风的港口。

她注视着杯子，望着那蒸腾的热气。裴书盈注视着她，望着那张憔悴的脸庞。室内很静。母亲并不追问什么，雪珂觉得，母亲实在是个很有了解力的人。了解力，她心中紧缩了一下，蓦地想起在叶刚那儿的一幕了。

那一幕到底代表了什么？她心痛地回想，心痛地思量，心痛地分析，心痛地去推敲那时自己的心态。是她一句话毁掉了原有的温柔。一句话！她对他的一个要求！噢，明知道他是不能承受任何要求的。明知道他是抗拒任何要求的，为什么还会要求他？自己不是很开明的吗？很新潮的吗？走在时代尖端的吗？可是，她要求了！虽然没有很明白清晰地说出来，但他的智力超人一等，他能读出她所有的思想，所以，他知道她已经"开始"要求，然后会追寻"结果"了。所以，他发火了，所以，他赶她出门，所以，他宁可快刀斩乱麻，结束这一段情了。所以，他变成了一个不可理喻的疯子！

"妈妈，"她低低地、深思地开口，"爱情里不能有要求吗？"

裴书盈皱皱眉，困惑地看她。

"我不太懂你的意思。雪珂。要求什么？要求一件对方做不到的事，是苛求，要求一件对方做得到的事，是自然。""要求一个诺言呢？"她的声音更轻了。

"诺言不用去要求。"裴书盈真挚地说，"诺言、誓言都与爱情同在！'在天愿作比翼鸟，在地愿为连理枝'，古人把爱情刻画得比我们现在好，有这种同生共死的决心，才配得上说爱情！"雪珂深切地看着母亲，深切地想抓住一些什么。

"但是，誓言会改变的！那么，誓言与诺言就变成毫无意义！""不，"裴书盈郑重地说，"以前，我也这样想。但是，经过了一大段人生，就会发现，那仍然有意义。改变是以后的事，在恋爱的当时，没有人会希望以后有改变，正在相爱着的两个人，只想分分秒秒、时时刻刻、日日年年在一起，这还不够，还希望能'缘结来生'。这是爱情！爱情里的理性很少，爱情本身就有占有欲，谁能忍受自己的爱人去爱别人？雪珂，"她正视她，"你知道为什么有婚姻？那并不仅仅是一张纸，那是两个正在相爱的人，彼此发誓要终身厮守，发誓不够，还要证人，证人不够，还要仪式，仪式不够，还要证书！我至今不相信，一个真正在恋爱中的男人，会不去追求终身相守的誓言！除非……"她咬牙，决心残忍地说出来："他爱得不够！在爱的当时，就先为自己想好退路。在爱的当时，就先去想变心的时候，'不再爱'的时候……哦，雪珂，爱得深深切切，死去活来的当时，你会去想三年五年十年以后，你会变心的事吗？你决不会去想。所以，婚姻，在世俗的观点看，是一种法律的程式，在爱人的眼光里，是一句终身相守的誓言！所以，婚姻虽然有那么多问题，那么不可靠，仍然会有好多好多真心相爱的男男女女，欢欢喜喜地投进去。"

雪珂凝视着母亲，心里激荡着。很少和母亲这样深入而坦诚地谈话，很少听母亲如此透彻而入骨的分析。她用崭新的眼光看母亲，第一次领会到，裴书盈不仅是个四十余岁的"中年妇女"，也是个真正了解感情、懂得感情的女人！

雪珂靠在枕头中，深思着。对母亲的"认同"，带来了内心深处的创痛。那个伤口在撕裂撕裂撕裂……越撕越开，越撕越大，越撕越深……终于，心碎了。碎成片了，碎成灰了。以前，从不相信"心"会"碎"，现在才知道，它真的会碎，碎得一塌糊涂，碎得不可救药。母亲对了。他——叶刚，爱她不够深。是她，一厢情愿地去爱上他。所以，他没有诺言，没有"终身相守"的决心。是了，是了，是了，他没爱过她，没有真正爱过她。或者，他一生没爱过任何女人，包括林雨雁，所以，他让林雨雁嫁了！她用手扯着被单，绞扭着被单。懂了，真的懂了。他不爱她！叶刚，叶刚，叶刚。他从没真正爱过她！她心痛地舔着自己的伤口，每舔一下，带来更深的痛楚。裴书盈凝视雪珂，知道她正在清理伤口。她的脸色青白不定，而眼光茫然若失。裴书盈知道，那伤口需要时间去愈合，自己是无能为力了。她含泪俯身下去，轻轻吻了吻雪珂那苍白的额，取走她手里的空牛奶杯，她说：

"睡一睡吧，雪珂。明天醒来，你就会觉得舒服一些。反正，每个人的一生，都会经历一些事。这些事，不管当时多么严重，终究会变成过去。"

昨日之灯。她想。万千灯海中的一盏昨日之灯。

她抚平枕头，想睡了，反正，今天不能再想了，反正，今天即将过去……突然间，床头的电话铃响了起来。

她瞪着电话机，几点钟了？不知道。是谁打来的，不知道。她抬眼看母亲，于是，裴书盈拿起了电话。

"哪一位？"裴书盈问，看手表，凌晨一时二十五分。

"我是叶刚。我想跟雪珂说话！"

果然是他！爱情的游戏里，电话总扮演一个角色。她抬眼去看雪珂。雪珂满脸的苦恼，满眼睛的迷失，满身心的娇弱与无助。她哀求似的看着母亲，知道是他打来的，不知道该不该接，不知道要不要接！不知道他为什么要打来？不知道，不知道，不知道，什么都不知道！

裴书盈深切地看着雪珂，重新对着听筒。

"对不起，"她冷淡而柔和地说，"我是她母亲，她已经睡了，有什么事，明天再打来吧！"

她想挂电话，对方立刻急切地接口：

"不，她没有睡。她的窗子还亮着灯光，她没睡。伯母，转告她，我在三分钟之内来看她！"

"咔哒"一声，电话挂断了。裴书盈惊愕地握着听筒，惊愕地转头看雪珂，惊愕地说：

"他说三分钟之内要过来。这是怎么回事？他知道你没睡，他看到灯光……"老天，他就在楼下，他又是从楼下打来的！何必？何必？何苦？何苦？已经把她赶出门了，已经对她吼过叫过了，已经说出最残忍的话了，何必再见？何苦再见？她用双手抱住头，她的头又晕了，又痛了，碎成粉的心居然也会痛，每一粒灰都痛，千千万万种痛楚，千千万万种恨意……门铃急响，她冲口急嚷："不见他，发誓不见他！"

裴书盈慌忙走出卧房，关上房门。再穿过客厅，去打开了大门。叶刚挺立在门外。这是裴书盈第一次见到这个男人，高大的个子，浓黑的头发，一对如此深邃、如此锐利的眼光，这对眼睛成了他全身的重点，这对眼睛不是海，不是森林，不是夜，不是日出……雪珂错了。这对眼睛是火，这个人也是火，一团燃烧着的火，带着所有火的特质！光亮、灼热、强烈，而具有摧毁力。"伯母，"叶刚开了口，声音坚决而沙哑，"我来看雪珂！"

"她已经睡了……"他推开房门，挤进了屋里，反身关上房门，他注视着裴书盈，低声说："原谅我这么没礼貌，原谅我深夜来访，原谅我没给你一个好印象。我现在要见雪珂，不见她，我不会走！"

裴书盈又惊讶又愕然。但，在这一瞬间，她了解雪珂为什么会为这个男人着迷了。他那么坚定、那么倔强、那么稳稳地站着像一座铁山。而他的眼睛，老天！这对眼睛里充满了燃烧的火焰，他是火，可以燃烧任何东西，可以摧毁任何东西。她简直有些怕他了，退后一步，她勉强地，挣扎着说："她——不想见你！"他抬起眼睛，望着雪珂的房门口。裴书盈本能地拦到那门口去，急促地说："不行，你不能进去！她刚刚才好了一点，她回家的时候，简直像个死人……""我知道。"他短促地说，"我跟着她，走了大半个台北市。"

"哦？"裴书盈愣住了，她自己都不知道，雪珂曾经走过大半个台北市。就在她发愣的时候，"豁啦"一声，房门开了。那个"发誓不见他"的雪珂，正扶着门框站在那儿，她穿着件白衣服，颤巍巍虚飘飘地站在那儿，似乎用根手指头一戳，就会倒下去。她的眼睛睁得大大的，头发散乱地披垂在胸前。她望着叶刚，两眼直勾勾地，一眨也不眨。

"你来干什么？"她问。

他一看到她，像受了传染一样，脸上的血色立刻也没有了。他和她一样苍白，他盯着她，往前迈了两步。裴书盈退开了，她惊悸而困惑地退得远远的，她不知道这两个孩子在干什么，不知道他们到底在玩一种什么游戏？只慌乱地体会到：这个叶刚并不单纯，这个叶刚不是可以用道德的尺来衡量好与坏的人。这个叶刚是奇异的，是难解的。但是，她那母性的胸怀里，有某种软弱的东西在悸动。这个叶刚，简直是迷人的！"雪珂。"叶刚开了口，他伸出手去，似乎想去扶她，因为雪珂那样摇摇欲坠。雪珂的肩膀本能地、抗拒地晃动了一下，他立刻把手收回来，垂在身边。"我来道歉。我疯了，我不知道自己说了些什么。"他很困难地说，好像他一生没说过"道歉"两个字。"你不必！"她简短地说。"那么，我来告诉你一句话！"他更加困难地说，脸色更白了，声音里迸裂着痛楚。

"什么话？""我要你。"他挣扎着，苦恼地吐出这三个字，像表演特技的人从嘴里吐出三根铁钉，每根铁钉可能都沾着体内的血渍。她的头微侧过去，靠在门上，她的眼光没有离开他的脸，她不说话，眼底闪烁着怀疑、困惑和不信任。

"我要你。"他再重复了一遍，"我一生从没有这么强烈地要过一个人。这对我是太痛苦的一件事。一件我自己都不愿承认的事，它违反我所有的原则。哦，雪珂，我不要伤害你！如果我没有办法用我的方式要你，那么，只能用你的方式要你！"他顿了顿，大口吸气，似乎在用全身的力量，压制心中某种痛楚。"你要我怎么做，我就怎么做，只要不再发生今晚的事！雪珂！你不该闯进我生命里来的！可是，你闯进来了，而我……"他蹙眉，"我投降了！雪珂，我投降了。"

她一下子向他飞奔过去，他张开手臂，把她整个身子都圈进臂弯中，他的头埋进她的头发中，辗转地吻她的头发，吻她的耳垂，嘴里喃喃地、昏乱地低语着："以后不许去天桥吹冷风，不许到平交道上去踩枕木，不许在车子飞驰的街道上慢吞吞晃来晃去……你吓死我，你吓死我！"雪珂紧紧偎着他，胳膊环绕着他的腰际，脸贴在他肩膀上，泪水疯狂地涌出，沾湿了他的衣服。

裴书盈吸吸鼻子，用手擦拭掉自己脸上的泪痕。傻瓜！她骂着自己，有什么好哭的呢？那个"抱独身主义"的男孩完蛋了，投降了。爱情，再一次证明理论仅仅是理论，当你爱的时候，你只想天长地久！

是吗？她再抬起眼睛来，深深地看了叶刚一眼，心里猛地涌来一阵疑惑。叶刚紧锁着眉，那眉心竖着好几道刻痕，他的眼睛苦恼地紧闭着：痛苦与无奈几乎明写在他眉梢眼角及额前。怎么！承认自己的爱情居然如此痛苦吗？如此无奈吗？如此勉强吗？她惊愕地看他，困惑至极。他真的在抗拒着什么呢？未来？婚姻？责任？他在强烈地抗拒着什么呢？

裴书盈悄然退开，感到一片厚而重的乌云，正从窗外向窗内游来，那阴影无声无息地笼罩在整个房间里。

第十三章

雪珂在半个月以内，足足瘦了五公斤。

这种迅速的消瘦，起因仍然在叶刚身上。

他们讲和了，他们继续来往，继续见面了。但是，有什么东西不对了。他们之间，失去了往日的甜美与和谐，每次见面，都像绷紧的弦，弥漫着一层无形的紧张。这种气氛是怪异的、不正常的、充满了压迫感的。

叶刚似乎更爱她了，他对她小心翼翼，体贴入微。也会突发性地来阵狂热的拥抱、接吻，或痴痴迷迷、长长久久地注视她。他从不越过道德与礼教的最后一关，他总在紧要关头提出去"游车河""看灯海""观日出"种种提案，而把一些遐思绮念给抛开。由于这一点，雪珂知道他那新潮又新潮的"独身"主义里，仍然深深埋藏着"礼教"的观念。或者，这观念并不为他以前的女友存在，而仅仅为雪珂存在着。不，还有——林雨雁，她记得叶刚提过，雨雁也不是能摆脱传统和礼教的女孩。在经过这次争吵、经过这段漫长的内心挣扎、经过父母的种种喻解后，雪珂首次对自我有某种认识。她知道自己只是个嘴上谈兵的人，外表上，她新潮，她前进，她不在乎礼教，事实上，她在乎。因为，在最后的追索探讨之下，她发现"爱情"本身包括的东西，甚至有"礼教"在内。

她不知道叶刚是否承认了这一点。可是，自从吵架以后，叶刚变得绝口不提这件事。他不提，雪珂当然也避免提起，她再也不要上次的事件重演。他们两个都变得很小心，两个都常常窥探着对方的意愿，两个说话都经过思考……也常常两人都陷入某种无助的沉默里。每当这时候，雪珂就会觉得自己像漂荡在茫茫大海中的一叶小舟，而且是黑夜的大海，伸手不见五指，四面是无边无际的黑暗，她就漂着漂着漂着……而不知要漂向何方。总记得那夜讲和时，叶刚说过"我投降了"。事后，雪珂曾深深思索"投降"这两个字中的"挫败"意味。叶刚把这件事当一个战争，他只是不得已地认输而已。这种体会使雪珂感到很难过。她不要和他战争，她不要他"投降"，她要他了解她所了解的，她要两人之间的"共鸣"与默契。可是，什么都不能谈了。他们在一起时，不谈未来、不谈计划、不谈爱情观和婚姻观。他们为恋爱而恋爱，为相聚而见面……忽然，雪珂感到一切都很空虚，一切都很幻灭。叶刚并没有改变，他仍然排斥婚姻，仍然排斥"天长地久"的誓言。他还是那个莫测高深的他，他还是那个她不了解的他！

她迅速地消瘦憔悴下去，裴书盈看在眼里，无能为力。

自从见过叶刚后，裴书盈不再拒绝叶刚，她反而安慰地、劝解地对雪珂说过："要改变一个人根深蒂固的观念很难，叶刚已经是快三十岁的人了，很多观念已经定型。你要给他时间，让他更深地体会到爱是什么。"雪珂默然不语。雪珂变得沉默了，她常常一整天都不说话。消瘦之后，她的眼睛特别大，闪亮亮的总像含着泪，小小的腰肢不盈一握，而那细细的手腕是令人"我见犹怜"的。这种变化虽然很缓慢，叶刚却不会不注意到。于是，他会猝然地把她拥进怀中，战栗着说："要我怎么做？雪珂，要我怎么做？"

她摇头，拼命摇头。问题就在这儿，她不能说要他怎么做，爱情是自动的，爱情不是被动的，爱情是积极的，爱情不是消极的，爱情是建设性的，爱情不是破坏性的！她摇着头走开，她不要他"做"任何事。她在等他主动地站起来，去面对这份爱情，去面对雪珂，去面对未来。是的，面对。她想起徐远航说过的话："在他骄傲的外表之下，他有一颗根本不能面对现实的、充满自卑感的心！"是的，尽管和爸爸吵得天翻地覆、剑拔弩张，她却越来越体会到，父母都有正确的地方。这使她感到泄气，和泄气同时而来的，是对叶刚一种隐隐的失望。这失望咬噬着她的心灵，使她食不下咽而彻夜失眠。

这种爱情是一种煎熬，在学校里，她还要面对另一份煎熬。这天晚上，学校在为毕业晚会做准备。毕业，七四七今年就毕业了，阿光阿礼阿文都同一届，全要毕业了，他们男生，都已经抽过签，七四七抽到陆军，阿光阿礼在海军，阿文在空军。马上他们就要服兵役，相聚一场，都要风流云散。学校中，送旧迎新总是感触很深的。尤其许多四年级学生，正和低年级生在恋爱中，那离愁别绪，常会弥漫在整个校园里，到处都看到双双对对的人影，在树荫下、屋檐下、廊柱下卿卿我我着。这晚，雪珂在礼堂里帮忙贴座位表。贴好了，她就一个人坐在那空空的大礼堂中，望着舞台发怔。念大一好像还是昨天的事，转眼间就要进入大四了。她痴痴地坐着，没注意有个人走进礼堂，本来，礼堂就一直川流不息的都是同学，在张灯结彩，贴欢送词。雪珂根本没去看那些进进出出的同学，她望着舞台，不知怎么，就想起迎新晚会那晚，巨龙合唱团还没定名呢，却活跃地在台上弹着吉他，唱着歌，他们唱《兰花草》，唱《捉泥鳅》，唱他们自编的"迎新歌"。

那个人看到了她，笔直地向她走了过来，一声不响地坐在她身边。她抬起头来，立刻接触到那闪亮的眼镜片，和镜片后那对闪亮的眼睛。她的心脏"怦"然一跳，唐万里，七四七！好久没碰到了，这些日子来，他在躲她，她也在躲他。一见到唐万里，她自己也不知道怎么回事，眼眶就湿了。透过泪雾，她发现他晒黑了些，成熟了些。他直直地盯着她，好久都不说话，然后，他的手忽然盖在她的手背上。

"他待你不好吗？"他问，很认真地。

"谁？"她脑筋转不过来，不知道他在说什么。

"当然是那个人！"唐万里不说那名字，那名字会刺痛他。"那个有辆野马的家伙。""哦！"她应着，"不，他很好，很好。"她连说了两个"很好"，好像必须强调什么。他凝视她，一下子紧握住她的手，把她握得好痛好痛。有股怒气飞上他眉梢，他恼怒地说：

"别撒谎！你不快乐！"

"我……"她挣扎地说，"快乐，很快乐！"

"胡扯八道！"他嚷，"当你是我的女朋友的时候，你整天笑嘻嘻的，又爱吃又爱闹！我几时允许过你瘦成这样子？我几时允许过你一天到晚悲悲切切的？他把你怎么样了？他怎么可以让你一天比一天瘦下去？"

她惊愕地瞪他，原来他一直在注意着她的，原来他还没有停止对她的关怀。她的眼眶更湿了，喉咙里鲠着个硬块，舌根酸酸的。她真想哭一场，真想扑在他怀中好好哭一场。但是，不行！她不能这样软弱，不能这样莫名其妙。她强忍着泪，喉中哑哑地说："我很好，真的。"她勉强想挤出微笑，就是笑不出来。"我瘦了些，没什么关系，现在流行瘦，是不是？不要乱怪别人。我坐在这儿，有点伤感，只因为你们马上要走了，要离开学校，服兵役去了。""你们是指谁？"他问，"包括我？"

"嗯，"她哼着，"当然。"

"那么，"他率直地问，"你对我并不能完全忘情了？你还怀念我？你还有一些想我？你还——有一些爱我？是吗？是吗？离别，还是会让你痛苦的，是吗？是吗？"

她看着他，他年轻的脸庞上居然又绽出光彩和希望来了。她心中又酸又痛，喉咙里的硬块在扩大。"我一直把你当最好的朋友看，"她挣扎着说，"是你不要理我了！""我不敢理你，"他说，"我怕一理之下，就什么都会理，我划分不出什么是该理的，什么是不该理的。"他伸手整理了一下她垂下的发丝，他咽了一口口水，他那粗大的喉结在那瘦长的脖子上蠕动。他忽然笑了，笑容里有些苦涩，却有更多柔情。"真傻！"他喃喃地说，"真傻！"

"什么？"她困惑地问，"谁傻？"

"我啊！"他说，"我实在很傻！我应该理你的，只要我理你，你不会变得这么憔悴，我最起码可以把你带到摊子上，每天喂你蚵仔煎，把你喂得胖嘟嘟的。我可以唱歌给你听，我……"他深思着，眼底闪过一道光彩，"可以陪你游泳。又是游泳季节了，我还记得你站在游泳池里发呆的事。你就那样直挺挺地站在那儿，纯白如雪，皎洁如玉。"他回忆着，狠狠地咬嘴唇，再看她："你瞧，你该再去游泳，多晒点太阳，就不会让你如此苍白。"她瞅着他，眼眶始终没有干过。

"你真好。"她喃喃地说，"我会永远永远永远记得你。"

"别说得好像我们会生离死别似的！"他依然笑着，温和地握着她的手。"答应我，我去受军训以后，给我写信，告诉我你所有的事情，让我们——"他顿了顿，"像个好朋友一样？"

"好。"她温顺地说，"我一定会给你写信！我一直就希望我们能像好朋友一样。"他点点头，再看她。看着看着，他就突然把额头抵在前面一排椅子的椅背上，他粗声说："他妈的！""怎么了？"她问。"你走吧！"他哑哑地、急促地说，"快走快走吧！我受不了这种场面，在我把戏演砸以前，你快走快走吧！你再这么眼泪汪汪地看我一秒钟，我就会崩溃了！他妈的！"他用手重重地拍着前面的椅背，怒声说："走呀！你！让我一个人静一静！你走呀！"她望着他的头，他弓着的背脊。他的头发好长好乱啊，他那件学生外套都快洗白了，他的背脊好瘦啊！天知道！这些日子来他又何尝胖过？她想着，心痛地想着，情不自禁地，她就伸出手去，想去抚摸他那瘦瘦的背脊。她的手伸到一半就停止了。心里有个声音，在恼怒地喊："裴雪珂！你要做什么？你只要一碰他，他不会再放过你了！"她收回了手，惊跳起来。仓促地，她穿过那一排排的长椅子，逃出了礼堂。然后，一连好几天，都没再遇到他。接着，毕业晚会来了。巨龙合唱团全体登台，唱了好几支惜别歌，其中有一首，是唐万里独唱，阿文他们给他伴奏和声的，那支歌曾让好多好多同学掉眼泪，包括雪珂在内。

四年的时光已悄悄流过，

数不清校园里有多少欢乐，

相聚的时光几人珍惜，

离别时再回首一片落寞，

错，错，错，都是错！

该抓住的幸福已经失落，

该挽住的年华已经度过，

该留住的回忆实在太多，

最难忘携手同欢人儿一个！

错，错，错，都是错！

……

　　雪珂听着他的歌，看着他的人，泪珠在眼眶里勾涌，许许多多过去的时光，点点滴滴过去的欢乐，都向她涌过来，涌过来，涌过来，把她包围着，淹没着。她记起他那首《阳光与小雨点》，记起他那首《如果有个偶然》，记起他那首在遥远时光里所唱的一支歌：

　　　　听那细雨敲着窗儿敲着门，
　　　　我们在灯下低低谱着一支歌，
　　　　如果你不知道幸福是什么，
　　　　且听我们细细唱着这支歌！

……

　　她坐不下去了，她无法再听他唱下去，站起身来，她悄然离席，悄悄地走向边门，悄悄地溜了出去。她以为，那么大的礼堂，那么多的同学，没有人会注意她的离去。可是，她听到"咚"然一声，有根吉他弦断了，她倏然回头，只看到他若无其事地轻拨着那吉他，断掉的弦在那聚光灯下闪着微光。他低俯着头，自顾自地弹着，唱着，那灯光打在他身上，一个瘦长、落寞的人影。她很快地离开了礼堂。

　　六月，唐万里毕业了。

　　八月，他和阿文、阿光、阿礼一起走了，到南部服兵役去了。给她留下了一个信箱号码，和一张短笺：

当你欢乐的时候，请忘记我，

当你悲伤的时候，请记起我，

那么，你就不会再瘦了！

就是这样，唐万里走了。

第十四章

　　八月，天气燠热到了反常的地步，太阳成天炙烤着大地，把柏油路都晒化了。室内，到处蒸腾着暑气，连冷气机似乎都不胜负荷。人，只要动一动就满身汗。走到哪儿，都只有一种感觉，热，热，热。雪珂像她的名字，是雪做的，太阳晒晒就会融化。她从小怕热，今年好像更怕热。暑假中，她大部分时间都躲在室内，不是自己家里，就是叶刚那小单身公寓里。

　　她和叶刚的情况仍然没有改善。他们确实在恋爱，确实爱得疯疯狂狂，天昏地暗。雪珂常常觉得，连和他几小时的分手，都有"相思"的苦楚。不见面时，拼命想见面，见了面，又会陷进那"探索""研判"和"等待"的陷阱里。雪珂的感情是个大大的湖泊，叶刚是水。她似乎一直在等待这湖泊被叶刚注满。但，她总觉得注不满，永远注不满，如果不是那流水有问题，就是湖泊有问题。

这段时期，雪珂也开始和唐万里通信了，只因为同学们都说，刚刚服役的男生都"寂寞得快疯掉了"。唐万里的来信中，也有这样一句："每天第一件大事，等信。"她和唐万里的通信都很简单，纯友谊性的。唐万里来信都短短的，但，却常让她大笑一场：

昨天晚上洗澡时，突然停电，整个连一百多人全挤在一个澡堂里洗澡，乌漆麻黑又拥挤，也不知道洗了半天是给自己洗了呢，还是帮别人洗了，摸在身上的手也不知道是不是自己的。我的声音变了，近来变得非常"磁性"，真想唱歌给你听，磁性的原因，是唱军歌和高声答数把喉咙给喊烂了。我已经是"最有味道的男人"了，信不信？热天出操。热，热，热，连三热（从傅达仁报少棒学来的术语），汗湿透了好几层衣服，湿了又干，干了又湿，哇！穿在身上，三丈外都可以闻到我的"味道"。

前两天背枪，把脖子压歪了，这几天成了"歪脖田鸡"，脖子没好，手臂又烂了。野战训练，在滚烫的石头地上滚滚爬爬还肩了一支枪，搞得浑身是伤，青青紫紫好不凄惨。惨，惨，惨，连三惨。

哈！居然允许我们游泳了！从营区到水边是一片被太阳晒得滚烫的水泥地，咱们一百多人，穿着最性感的泳裤（军中泳裤，大家"一视同仁"，谁都"无法藏拙"），光着脚丫子，走在水泥地上，哇呀喂！烫死了！一时之间，有抱着脚丫子跳的，有抱着脚尖跑的，有飞跃到三丈高的，有浑身扭动的……哇呀喂，精彩透了，好一场性感迪斯科泳装舞会！

看他的信，就好像他的人生龙活虎在自己眼前一样，他的眼镜，他的长手长脚，他的笑话，他的光芒，他的幽默，和他的歌。真无法忘记他，真不能忘记那些充满欢笑和阳光的日子。有时，雪珂往往会忽然怔住，怀疑自己生命中这两个人，到底谁爱她比较深？这念头一成型，她又会恼怒地甩头，责备自己：怎么能怀疑叶刚呢？怎么能怀疑叶刚呢？

真的，叶刚变得那样细腻，那样温柔，不能怀疑他，不该怀疑他。然后，一个午后，酝酿已久，压抑已久的低气压，就突然间迸发了一场令人心惊胆战的暴风雨。

那天，她待在他公寓中，他拥着她，两人很久都没说话。然后，他用手指拨弄她的睫毛，细数她的睫毛，一根一根地数，然后惊奇地说："你知道你有多少根睫毛吗？两百多根！啊！我喜欢你的睫毛，你的眼睛，你的鼻子，你的嘴……你一切的一切。最喜欢的，是你的脑袋，这脑袋里装了太多的东西，聪明、才智、诗书、文学。啊，雪珂，你不是瑞琴。"

瑞琴，《猫桥》一书里的女主角，她像个"奴隶"般一厢情愿地去爱那男主角，不惜为了他死。而那男主角，直到她死前才知道自己有多爱她。很简单的故事，只是，写情写得太好太好。瑞琴，这是他们以前谈过的人物。"哦？"她询问地。"瑞琴是那男主角的奴隶，而你，是我的主人！"

她抬眼看他。说得甜啊，叶刚。说得好听啊，叶刚。可是，爱情里不完全是甜言蜜语啊！

"世界上最没有权利的主人。"她笑着说，"不，叶刚。你不是我的奴隶，你一生不可能做任何人的奴隶，你太强了，太自由了。你永远不会真正为一段感情屈服，去奉献自己！你不会。""我已经为你屈服了。"他勉强地说，"我会为你奉献自己。""如何奉献？"她脱口而出，"为我泡一杯茶，数一数我的睫毛，告诉我你多爱我？带我游车河，看灯海，数点点灯光，算算人生有多少故事？谈文学、谈诗词、谈暮鼓晨钟？叶刚，你知道中国人的爱情全是'谈'出来的吗？去掉那个言字旁，剩下什么？""去掉言字旁，还剩下两个火字。"叶刚蹙着眉说，眉心又竖起了深深的刻痕，他语气中也有"火"字，他又开始不稳定，雪珂久已避免的题目一下子又尖锐地横亘在两人之间，"两个火字可以烧毁一个世界。"

"所以，你只要那个'言'字就够了！"她急促接口，几乎没经过思考。他迅速地抬眼看她，忽然间，他把她用力地拉到面前来，他的手指像钳子般紧紧扣住她的手臂，使她的脸面对着他的。他真的冒火了，他盯着她的眼睛，沉声问：

"你到底要什么？"

又是老问题！又是老问题！又是老问题！是天气太热吗？热得人没有思考能力吗？是雪珂太世俗吗？太没有耐性吗？反正，在那一刹那间，雪珂爆发了。

抑制多时的思想、渴望、怨恨、不满，全在一瞬间爆发了。在这个炎炎夏季的午后爆发了。她终于喊了出来，连自己都不相信地，坦白而尖锐地喊了出来：

"我要一切平凡人所要的那些东西！我承认，我只是个平凡的人，有血有肉的人！我不是踩在云里雾里，饮着竹叶尖上的露珠就能生活的仙子！我是人！一个女人！我告诉你我要什么！我要跟我所爱的人共同生活，组织家庭，生儿育女。我要一个丈夫，许多孩子，一个甜甜蜜蜜温温暖暖的家！我要和我的丈夫白头偕老，享受子孙满堂的乐趣。我要等我老的时候，不再有精力看日出灯海浪花晨雾的时候，我身边有个人，能握着我的手，和我坐在摇椅上，共同回忆我们共有的过去！我告诉你，这就是我要的！你逼我说出口，我说了！不害臊地说了！你可以看不起我，你可以骂我庸俗！我告诉你，每个人一生里都有矛盾，每个人一生里都有段时间，会陶醉在虚无缥缈的境界里。哦，叶刚！"她激烈地喊着，"虚无缥缈并不诗意！虚无缥缈只是个'空'字！我不知道你一生里恋爱过多少次，我从不追究你的过去，可是，在我介入以前，你生命里也只有一个'空'字！你早就可以抓住一些东西，一个名叫'幸福'的东西，一个只属于你的女人，和一个家！你什么都放掉了，你什么都没抓住。现在，我来了。一个活生生的人，站在你面前，有形体，有骨肉，不是云，不是烟，不是雾，不是芦苇，也不是竹子！是个人！你懂了吗？一个平凡而实在的人！我不向你要求什么，只问你一句话，如果你真爱我，是不是愿意和我携手共同生活，共同去走一条漫长而永久的路？共同面对人生，面对未来。而且，也共同享受人生，享受未来！"她一口气喊到这儿，停住了。她的脸涨得红扑扑的，眼睛闪闪亮，鼻尖上冒着汗珠。她热烈地、坦率地、真诚地、迫切地盯着他，忘了羞耻，忘了自尊，忘了矜持。这些话从她心底深处冒出来，每个字都带着她真正的爱，和真正的奉献。

他站在那儿，有一刹那间，他的眼眶湿润，眼珠像浸在水雾里，黑黝黝又湿漉漉的，看得她心都跳了，头都昏了，血液都奔腾了……可是，像电光一闪而逝，这眼神立刻变了。又变得像吵架那个晚上了，他的背脊不知不觉地挺起来，全身僵硬，目光严峻了，冷漠了，凌厉了。眉头又结在一堆，额上的青筋在跳动，脸上的肌肉在扭曲……

她的心又往地底下沉去。她眼看着这张脸在她面前"变"，不知怎的，她想起前不久在电视上重映的黑白片：化身博士。那男主角能在转瞬间由善良变为狰狞，由君子变为恶魔。她瞪着他，额上也在冒汗了，手心也在冒汗了，背脊上也在冒汗了。她可以感觉到自己那件薄薄的丝衬衫，被汗水湿透而贴在背上。"雪珂，"他终于开口了，声音缓缓的，冷冷的，带着嘲弄与羞辱的，"你——在向我求婚吗？"

她感到全身的血液像一下子被抽得光光的，心脏倏地往下一坠，落到个无底深渊里去了。她知道自己一定又"惨无人色"了。又来了！那个晚上的伤痛又来临了。她挺立着，汗水顺着背脊往下淌。她想掉头而去，立刻掉头而去。可是，她居然听到一个软弱万分的声音，从自己嘴中细细地、软弱地、可怜兮兮地吐出来："你说过，要用我的方式来爱我！"

"那么，你确实是在向我求婚了！"他慢吞吞地说，"你要我跟你结婚，一起上菜场，一起进厨房，一起上床，制造合法生命，然后，看你喂奶包尿布，看你在孩子堆中蓬头垢面，拿着锅铲对我呼来喝去……这种生活我看得太多太多了！对不起，雪珂。"他紧咬嘴唇，唇边的肌肉全痉挛了起来。他忽然笑了，嘲弄而冷酷地笑了，刻薄而尖酸地笑了。他边笑边说："哈哈！雪珂，你真让我受宠若惊！我说过用你的方式来爱你，并不知道你的方式只有这一种！原来，你这么急着怕嫁不出去！你为什么捉住我，不捉那个七四七呢？因为我已经有经济基础，有房子有车子有事业了吗？……"

她惊愕万状地瞪大眼睛，然后，想也不想，她挥手就给了他一耳光。这一耳光打得又清脆又结实，这一耳光把他那可恶的笑容打掉了。他不笑了，他瞪着她看，眼中流露出一种她从未见过的凶光，他一把就抓牢了她的手腕，用力扭转，扭得她整个胳臂都好像要断掉了。他厉声地、凶暴地喊了出来："你以为你是谁？你敢打我耳光！你有什么资格打我耳光？我告诉你，你是我玩过的女孩里最没味道的！我连跟你上床都提不起兴致！你那见鬼的伦理道德观念！想和我结婚，门都没有！如果我肯结婚，今天还会轮到你来求我，我早就娶了别人了！你这个莫名其妙的女人！你一点自知之明都没有，你太高估自己的力量，你以为我和你在恋爱吗？你不知道我仅仅拿你在填空吗？你不知道你对我来讲，不够资格谈任何前途未来吗？……"她用了全身的力气，把手腕从他掌握中抽出来。她瞪着他，恐惧地瞪着他，这才发现，自己从没有真正认识过他。他不是个正常人，他是个精神病患者，他是个疯子！他不可能是她用全心灵热爱着的那个男人。她反身开门，全身发抖，哆嗦着扭转门柄，听到他在身后喊：

"我劝你不要像上次那样满街去展览你的失恋相！这次，我不会跟踪你，我对你的兴趣已经没有了！被汽车或火车撞死，是你活该！"她打开房门，"逃"出了那间公寓。冲到电梯里，她背靠在电梯壁上，觉得冷汗从额上滴下来，沿着脖子，流进衣领里。她用衣袖拭着汗，立刻，整个衣袖都被汗湿透了。她站在那儿，只觉得自己两条腿都在发抖。电梯降到了底楼，她机械化地迈步出去，一阵热烘烘的空气扑面而来。她走出大厦，阳光晒在头顶上，带着烧炙的力量。她站在街边，看着街车满街穿梭着来来往往，脑子里还在轰雷似的回响着他的话："我劝你不要像上次那样满街去展览你的失恋相！这次，我不会跟踪你，我对你的兴趣已经没有了！被汽车或火车撞死，是你活该！"是的，她慌乱地去抓住脑中的思想。不要满街去展览自己的失恋相！她必须有个地方去，她必须有地方躲，她必须有个地方藏！藏起自己的屈辱，藏起自己的失败，藏起自己的绝望，更藏起自己那颗无知的、盲目的、可悲的心！"家"，她想着这个字，咀嚼着这个字。"母亲"，一个名词、一张脸、一双手臂、一个可供憩息的胸怀。她站在街边，挥手叫了一辆计程车。回到家里，裴书盈刚刚下班回家。她笔直地走向母亲，温柔地、清晰地、安静地说：

"妈！我知道我又苍白得像张纸了，不要在我满身找伤口，我身上一点伤都没有。只是，我的心不见了，给一种我不明白的动物咬走了。不过，没关系，让我休息一段时间，我保证，我还是会活过来。我可以让一个人打倒，我不能让一种我不明白的动物打倒！所以，我会活过来，我会活过来！"

裴书盈睁大眼睛，看着面前那张苍白如死，却镇静如石头般的脸孔，完完全全地吓愣了。

第十五章

足足有十天，雪珂待在家里，大门都没迈出一步。

她非常非常安静，常常一整天都不说一句话，坐在窗前，她可以一坐好几个小时。尤其是晚上，台北市灯火辉煌，她就痴望着那些在黑夜中闪烁的灯光，经常看上整整一夜。当黎明来临时，她会用极端困惑的眼光，注视着那阳光乍现的一瞬。她始终没有告诉裴书盈，到底发生了些什么事。裴书盈也不敢问，她从雪珂那安静得出奇的脸庞上，看出这回绝不是情人间的争吵，看出雪珂是真正地遭受了"巨创"。这"巨创"严重的程度，是裴书盈几乎不敢去探究的。她那么静，静得不像还活着，静得让裴书盈惊悸而害怕。但是，雪珂并没倒下去，她那么努力地"活"着，那么努力地"养伤"，那么努力地去找回自我。那种努力，使裴书盈都能感觉到，体会到，而为她深深感动不已。

这十天的蛰伏，可能是雪珂生命中最漫长的一段。她大部分的时间都在沉思，那乌黑的眼珠，变得蒙蒙的带点灰颜色，静悄悄地转动着。人的头脑不知道是什么东西，能装得下万古之思，千古之愁。她就坐在那儿沉思，把十根手指甲全啃得光秃秃的。这十天里，她没有接听任何一个电话，事实上，那个叶刚根本没有打电话来，也没有再出现过。雪珂显然也不期望他的电话和出现，这是一次彻彻底底的结束。裴书盈心痛地看她这么严重地去"结束"一段情，苦于没有办法帮助她。她不听电话，不出门，不看书，不做任何事，连唐万里写来的信，都堆在案头，没有拆阅。

裴书盈那么担心，她已经想找精神科的医生来治疗她了。但，十天后，她突然又有了精神，又"活"着了。她从她蜷伏的椅子里站起来，去梳头洗脸，换了件干净清爽的米色洋装，她打了个电话，不知道给谁。然后，她拿起手提包，告诉母亲说："妈，我要出去看一个朋友！"

裴书盈望着她，她多瘦呵，十天里，她起码又瘦了三公斤了。不过，她肯出去看朋友，总算有转机了。裴书盈心痛地点点头，于是，雪珂出去了。

雪珂去看的朋友，是裴书盈绝想不到的，她去了徐家，不是看徐远航，徐远航这时间正在上班，她去看另一个人：林雨雁。坐在徐家客厅里，林雨雁一见到雪珂，就惊异地叫了起来："老天，雪珂，你病了吗？怎么这么瘦呵？"

"没关系。"雪珂温柔地笑笑，笑得那么单薄，似乎连笑容里都在滴着血。用人递上一杯冰柳丁汁。她就静悄悄地喝着柳丁汁，"只是情绪不太好。"

林雨雁深深地看她一眼，她眼底有着了解的神色。她走过来，在雪珂对面坐下，也拿起一杯柳丁汁，慢慢地饮着。她说："你打电话来说有事找我，很重要的事吗？"

"嗯。"雪珂哼了一声。凝视着杯子，半晌，她抬起眼睛来，静静地盯着林雨雁。脸上，是一片奇异的坚定和镇静，她清清楚楚地说："来向你打听一个人：叶刚。"

林雨雁垂下眼睑，睫毛在眼睛下投下一圈弧形的阴影。她美好的脸庞细致柔和，小小的鼻子微翘着，嘴巴是一个完美的弓形。她真美！雪珂在这时，还有闲情来欣赏她的美丽。雨雁沉思了片刻，她脸上没有惊奇，也没有抗拒，她只是很专心地在想什么。然后，她扬起睫毛来，正视着雪珂，黑白分明的眸子里盛满了同情与关怀。

"你和他闹翻了？"她柔声问。不等答案，她就轻轻地叹了口气："上次，你和你爸爸，为了他吵架的事我都知道，我告诉过你爸爸，这个人不能长久相处，处久了，一定会被他伤害。除非你能对他不动真情，除非你能跟他保持距离。除非你不爱上他，他也不爱上你！否则，你会吃苦，你会吃很多很多很多的苦。"她一连用了三个"很多"，来强调她的语气。"你也为他吃过很多苦吗？"雪珂率直地问，很深刻地注视着林雨雁。雨雁想了想。"不。"她坦白而真挚地说，"我没有为他吃太多苦，因为我没有让自己深陷进去。或者，我了解他比你了解得多，我父亲认得他父亲，我很小就认识他。他的历史，他的故事，他的过去，我都太清楚。有一阵，我几乎迷上他，他真是个迷人的男人，是不是？用'迷人'两个字好像有些过分。但是，没有另外两个字比这两个字更好。当他动感情的时候，他那对眼睛好像能穿透你，事实上，他真能穿透！他是我遇到过的人里最最聪明，最最有魅力，也最最有情调的。"

雪珂一眨也不眨地盯着她。

"那么，你怎能使自己不陷下去？"

"因为……"雨雁睁大了眼睛，"我看过为他陷下去的榜样！""哦？"雪珂询问地应着。

雨雁不说话了，她握着杯子，深思着。她眼中掠过一抹矛盾的光芒，嘴唇动了动，欲言又止。雪珂向前扑了扑，她"努力"维持着镇静。十天了，她已经有十天的光阴让她来稳定自己，也"面对"事实。可是，这时，她仍然觉得呼吸急促而迫切。"请你告诉我！"她几乎是一个字一个字吐出来的，"请你不要隐瞒，这事对我很重要。"

雨雁仍然在沉思，她歪着头，用手下意识地梳着头发。然后，她看雪珂，狐疑地问：

"你不是和他闹翻了吗？"

"是。""那么，不用去知道任何事了。"她很快地说，"我只告诉你，跟他分手是最明确的决定，他不会给任何女人幸福。跟他在一起，是完全没有前途也没有结果的。我就是太了解这一点，才能及早抽身。或者，我和你不同，我比较讲求实际，你比较喜欢幻想，所以你会这样难以自拔。"

"你的意思是，他不是森林，不是夜，不是海，不是日出……他是个烟雾迷蒙得像神仙幻境的泥淖，一不小心，掉下去就没有命了。"雨雁又沉思起来了，好像这是个十分、十分、十分难以回答的问题，半晌，她才振作了一下，说："不要管他了，好不好？"她声音里有祈求的味道，"离开他就对了。"雪珂一瞬也不瞬地注视着雨雁，缓缓地，缓缓地摇头。她郑重而严肃地说："你有义务要告诉我，他到底是什么样的人。因为，你嫁给了我的父亲。因为，我和他第一次遇到，是在你的婚礼上。第二次遇到，是在这间客厅里！因为，是你在冥冥中操纵了一切，是你给了我这么大的影响：让我掉进这十八层地狱，永世不得超生！"雨雁震惊了。她震惊得几乎跳起来，她瞪着雪珂，瞪了好久好久，然后，她用手抵着额，低呼着说：

"老天！你爱惨他了，是不是？"

惨？是的。惨，惨，惨，连三惨。

雪珂不说话。雨雁沉吟良久。

时间一分一秒地过去，两个年轻女人彼此凝视，空气里有种沉重的气氛。越来越沉重，越来越紧张。终于，雨雁看了看手表，皱着眉，咬着唇又想了一会儿。然后，她站起身来了，安抚地拍拍雪珂的手，她点点头说："你坐一下，我进去一会儿马上来。"

她转进卧室里面去了，然后，雪珂注意到客厅的电话有叮叮的声响，她在卧室里打电话，她去搬救兵了。雪珂用手支着脸，望着那电话机。搬救兵？她会打给徐远航，很快地，徐远航就会回来了！他们会一起敷衍她，劝解她，安抚她，然后把她送回家去。这是一次毫无意义的拜访，是个很无聊的拜访……她正想着，雨雁从卧室出来了，她换了件很素雅的纯白色洋装，手里拿着皮包和一串汽车钥匙，她简单而明了地说："雪珂，我带你去见一个人！"

雪珂有些狐疑，有些困惑，原来她并没有去搬救兵，原来她真在帮她忙。一语不发地，雪珂拿起手提包，很快地站起来，跟着她从边门走向车库。雨雁有辆很可爱的小红车，她打开门，让雪珂进去，她再坐上驾驶座。

车子在台北市的街道上驶着，一路上，她们两个谁也不开口。雨雁似乎在专心开车，专心得心无旁骛。雪珂则努力在抑制自己那奔驰的胡思乱想，和内心深处那种近乎痛楚的等待和悸动。她斜倚在车内，背脊僵直，眼光直勾勾地瞪视着车窗外的街道。车子穿出台北市，驶过圆山大桥，转向了士林的方向。再一会儿，车子转进一条小巷，最后，它停在一栋貌不惊人的二层楼房子前面。这房子还是早期大批营造的那种独幢而毗连的公寓，占地大约只有三十几坪，可喜的是还有个小巧的花园。雨雁按了门铃。

雪珂呆立着，看看门牌，门边没有挂任何"××寓"字样，没有姓名，门内，要迎接她的不知道是什么。一时间，她竟异想天开，说不定出来的是叶刚，另一个叶刚，完全不认得她，一个拘谨内向的小人物。电影里有过这种故事，叶刚是个双重性格的人：一个是感情的刽子手，另一个是老老实实的家庭男主人。大门"豁啦"一声开了，雪珂的心脏几乎从嘴里跳出来。定睛一看，没有什么叶刚！门内，站着个年轻的女人。她的心定了定，这才注意起这个女人，正像这个女人也在仔细地注意她一样。这个年轻女人十分朴素，她穿了件条纹的麻布衬衫，牛仔长裤，头发松松地挽在脑后，用一支发夹夹着。脸上不施丝毫脂粉，可是，可是，可是……她却有动人心处！雪珂几乎是惊讶地看着那张脸，白皙的皮肤，挺直的鼻梁，略带忧郁的大眼睛，坚毅而颇富感性的嘴唇……这女人，如果不是额上已显皱纹，不是眼角已带憔悴，不是眉心轻锁着无尽之愁……她是美丽的！不只美丽，她还有一种雪珂所熟悉的气质，文雅，高贵，细致，这也是雨雁身上有的。或者，也是雪珂身上有的。雪珂在惊悸中，倏然体会到三个女人身上所共同的一些东西。她有些猜到面前这个女人是谁了。"我看过为他陷下去的榜样！"雨雁说过。这就是了，这就是了。叶刚生命里另一盏昨夜之灯！

"雪珂！"雨雁打断了她的冥想，"我给你介绍一位朋友，这是杜忆屏，回忆的忆，屏风的屏。我们彼此称呼名字就好了。忆屏，这是我在电话里跟你提过的裴雪珂。"

杜忆屏点了点头，更深地看了看雪珂。"我正在等你们，"杜忆屏反身向室内走，"进来吧，外面好热。"雪珂也觉得热了，热得她头昏昏的，汗水又湿透背上的衣服了。她心里有点迷迷茫茫，恍恍惚惚的，直觉地体会到，真正的"结束"将在这个地方，真正让她死掉心的也是这个地方。叶刚，叶刚，叶刚。她心里还在低回着这个可诅咒的名字。她们走进了屋里。这是间陈设非常简单的小客厅，几张藤沙发就占掉了客厅的大半，墙上光秃秃的连张字画都没有。室内整洁干净，太整洁太干净了，整洁干净得没有人味了！

"请坐！"杜忆屏指指椅子。

雪珂和雨雁坐了下去。忆屏跑进厨房，倒了两杯茶出来。雨雁很快地说："忆屏，你不要招呼我们，我们坐一下就要走。你知道我来的意思。雪珂从来没听过你的名字，我希望你把你的事告诉她。"杜忆屏拉了一张藤椅，坐在雪珂的对面，她更深切而深刻地打量雪珂。雪珂也再一次地打量她，惊愕地发现，那对忧郁的大眼睛里，竟藏着无边无尽的痛楚和热情。杜忆屏吸了口气，眼光幽幽地停在雪珂脸上。

"你要知道叶刚是怎样一个人？"她问。

"是的。"雪珂从喉咙中压抑地、痛苦地吐出两个字。事实上，她觉得已经不必再求证什么了，杜忆屏的存在已说明一切！眼前这对憔悴的大眼睛已说明一切！憔悴。忧郁。这四个字从没有如此强烈而真实地显现在雪珂面前过。她总认为这四个字是抽象的形容词，可是，现在，她觉得这四个字在杜忆屏身上，简直是有形体的，简直是可以触摸到的！

"好，我说。"杜忆屏咽着口水，嘴唇很干燥，"七年前，我和叶刚在一起，他二十四岁，我二十一。那年，我刚从大学毕业，分到某报社当见习记者，那年电脑的设计在台湾很风行，叶刚正着手这个事业，我去采访他，从见到他那天起，我就完了。"她低垂下睫毛，双手放在膝上，她不看她，只看着自己的双手。"叶刚并没有欺骗我。从一开始，他就叫我离开他，他说他不是好女孩的归宿，他不要婚姻，不要拘束，不要被一个女人拴住鼻子，不要家庭生活……"她停了停，抬眼看雪珂，静静地问，"这对于你，大概是很熟悉的句子吧！"雪珂苦恼地点点头，雨雁轻轻地叹了口气。

"叶刚警告过我，是我疯狂地爱上了他。我爱得没有理智，没有思想，我根本不在乎婚姻，我只要跟着他。那一阵，他对我也确实很迷恋，我们爱得昏天黑地，可是，不管如何相爱，他的爱里从没有'责任'两个字。没关系，我不要他负责任，我只要跟他在一起，我们同居了。"

她用手指抚摸着牛仔裤上的褶痕，沉默了一下，再抬起眼睛来，很深地看着雪珂，她急促地接下去说："我做错一件事，我不该跟他同居的，同居的本身，就有一半是婚姻生活，他开始烦躁，开始受不了。然后，我怀孕了。"雪珂惊颤了一下。紧紧地凝视杜忆屏。啊，那无边无尽的忧郁，那彻彻底底的憔悴，她简直可以触摸到！忆屏用舌头润了润嘴唇，那嘴唇干燥得快裂开了。

"他知道我怀孕之后，气愤得不得了，要我把孩子拿掉。那时我很昏头，我忽然渴望起婚姻来了，我要那个孩子！要他和我共同的孩子。我厚着脸皮求他结婚，甚至于，我答应他，先写好离婚证书给他，我只要有个合法的孩子。他不肯，他什么都不肯。然后，他变成了另外一个人，翻脸无情，尖酸刻薄。噢，"她紧咬了一下嘴唇，眼里蒙上一层雾气，"我忍受了很多没有女人能忍受的耻辱！"

雪珂眼眶湿了，泪珠涌上来了，她知道杜忆屏忍受了些什么，她知道。"这故事很简单，"杜忆屏再说，"他坚持不肯结婚，我坚持不拿掉孩子，于是，有一天，我从外面回到家里，发现他把他所有的东西都拿走了，留了张条子给我，上面只有一句话：'所有的一切都结束了，如果你有自尊，不要再来烦我！'我病了快一个月，然后，我也搬出了那个临时的小窝，学着如何再站起来，如何再面对自己。就这样，"她含泪盯着雪珂，"我从此没再见过那个人：叶刚。"她费力地吐出那名字，"可是，我常常听说他，听说他怎样在轰轰烈烈恋爱中，又怎样无声无息地结束掉。"她喘了喘气，仰起头来，轮流看看雨雁又看看雪珂。雨雁很沉默，雪珂却忍不住流下泪来。

"孩子呢？"她哽塞地问。

"孩子——"杜忆屏迟疑了一下，"孩子已经五岁多了，念幼儿园大班，现在上课去了。"

"他甚至没再来看过孩子？""没有。他甚至不承认有过孩子！"

雪珂伸手拭去泪痕，心底一片空茫。结束，这就是结束的那一刻，她早就猜到了。但是，要"认识"一个人，居然要付这么大的代价吗？她抬眼看杜忆屏，不，真正付了最大的代价的还不是自己，而是面前这个女人！憔悴忧郁，憔悴忧郁，老天！这女人的肩上，有多重的负荷啊！

雨雁站了起来，拉住雪珂的手。

"雪珂，我们走了吧！不要再挖别人的伤口了。"

雪珂顺从地站了起来，痴痴地看着杜忆屏，泪珠又涌了出来，不为自己，而为忆屏。她想对她说什么，却苦于无话可说。身体上的伤痕可以愈合，心灵上的伤痕却足以毁掉一个人的一生！还有那个孩子！她默默地，含泪地伸手给忆屏，紧紧紧紧地握了她一下，低声说了句："再见！谢谢你。"很快地掉转头，她跟雨雁走出了那间客厅，走到花园，冲往大门去了。而杜忆屏，在被唤醒的回忆里，在那深深的旧创中，兀自站在那儿发愣。

雪珂走到了大门口，又情不自禁地回头张望一眼，杜忆屏挺立着，肩上压着沉沉甸甸的忧郁。阳光中有些闪烁的灰尘，闪了雪珂的视线，杜忆屏隐在那阴暗的屋里，一盏昨夜之灯，曾经放出光芒，曾经照耀黑暗，如今，却积满灰尘，不受注意地搁置在屋角一隅，随它被时光吞噬、湮灭。

雪珂的手伸向门闩，准备打开大门了。忽然，身后响起杜忆屏一声急促而迫切的呼唤：

"裴雪珂！回来！再说两句话！"

雪珂蓦地收住脚步，雨雁却一阵惊颤。雪珂回身往屋里走，雨雁紧紧地抓住了她。

"不要再去打扰她了！"雨雁急促地说，"她受够了！不要再和她谈下去了！"雪珂愣了愣，却没办法让自己跟雨雁走，她觉得，那杜忆屏还有股强大的力量，把她唤了回去。她无法置之不理。她走了回去，站在屋里，又面对着杜忆屏了。

第十六章

　　杜忆屏直挺挺地站着，眼睛睁得很大很大，她目不斜视地、专注地、深刻地看着雪珂。

　　"你爱他？"她简短却有力地问。

　　"是。"雪珂也简短地回答，痛楚地从齿缝里吸了吸气，"不过，现在已经不能确定是爱是恨了！"

　　"你不了解他？"她再问，"你不知道他是人还是魔鬼？你不明白他为什么可以在短短几分钟之内，从温柔变为暴戾，从多情变为冷酷？""忆屏！"雨雁惊动了，她伸手去拉她，"不必再去回忆了，不必再说了！""让我说！"忆屏忽然激动起来，她拂开雨雁的手，双眸燃着两簇怪异的光彩，热烈地紧盯着雪珂，"让我说！我必须要说出来！裴雪珂，你既然来了，你应该知道一切！你应该……""忆屏！"雨雁惊呼，"你不守信用！"

　　雪珂震动了。她惊愕地看雨雁，再惊愕地看忆屏，难道这故事是编出来的吗？难道她们串通好了来对她演戏吗？难道这里面还有隐情吗？难道杜忆屏是雨雁创造出来的人物吗？她直视着忆屏，呼吸开始急促起来，脉搏开始不规则地跳动，情绪开始紧张，而心灵深处，有种迫切的渴望在像海浪般翻翻滚滚了。"你要告诉我什么？"她急促地问，"你想告诉我什么？你说！你说！""不要说！"雨雁喊，"不要说！"

"要说！要说！"雪珂喊，祈求地把自己发热的手压在忆屏的手上，"告诉我！告诉我！"

忆屏凝视雪珂，眼里逐渐被泪水浸透。

"你要听，"她咬牙说，"你就准备听一个很残忍的故事，比我刚刚说的故事更残忍……"

"忆屏！"雨雁激烈地喊了一声，冲上前去，还想阻止什么，忆屏甩开了她，只是紧握着雪珂的手。雨雁跌坐在椅子里，她用手捧着头，发现自己已经无法控制这场面了，她呻吟着说："早知道我就不带她来了！我不该带她来！不该带她来！""怎样？怎样？"雪珂追问着，苦恼地望着忆屏。"到底是怎么回事？""雪珂，"忆屏那皮肤干裂而粗糙的手，在微微颤抖着，"你很像我，像七八年前的我！即使他对你说了最刻薄的话，你还是忍不住要爱他！他对你很刻薄吗？很冷酷吗？他吼过你，叫过你吗？他贬低你的自尊让你恨不得死掉吗？"她一连串地问着。"是，是，是。"她一迭连声地答着。

"那么，你一定说过要和他结婚的话？""是。"忆屏默然片刻，眼底的泪雾在扩大。

"好，"她下决心地说，"我告诉你叶刚的故事。你知不知道叶刚的父亲有好几个太太？他生身母亲是个绝世美女，被他父亲强占娶来当小老婆的？"

"哦，"雪珂一怔，"我只知道他父亲的事，不知道他母亲的详细情形。""他母亲很美很美，你看叶刚就明白了，叶刚也够漂亮了。但是，他母亲生来就有病，是先天性的智慧缺陷。叶刚的父亲有钱有势，看上她的美色，而强娶了她。这女人当然是个悲剧，她很早就死了。叶刚的反婚姻可能从小就根深蒂固，但，真正使他怕得要死的还另有因素……"

"怕得要死？"雪珂抓住几个关键字，困惑地问。

"你没发现他怕得要死吗？"忆屏深刻地凝视她，强而有力地问，"他不是抗拒婚姻，抗拒家庭，他是怕，怕得要命！怕得要死！""哦！"雪珂怔着。"你知道叶家兄弟姐妹很多吗？叶刚有好多异母的哥哥姐姐？""我只听说他有个死去的小弟弟。"她回忆着。

"一个吗？他说只有一个吗？他有没有说怎么死的？什么病？"雪珂摇头，想起那个晚上，他们一起看灯海，讨论神的存在。众神何在？众神何在？众神默默，为什么众神默默？

"听我说，裴雪珂。"忆屏唤醒了她，"叶刚不止一个弟弟，他有两个！两个亲生的，同父同母的弟弟。他的母亲生过三个孩子，叶刚是老大。下面两个弟弟，居然都是患有先天性多重障碍的孩子。我说得太专业术语了，换言之——"她顿了顿，咬咬牙，说了出来，"都是先天性畸形加白痴，智商接近于零的孩子！例如，小脑症、水脑症、唐氏综合征等。这两个孩子被诊断为先天性脑性麻痹，到底是什么样子，什么症状，我不知道。只知道他们都长不大，十几岁还像两个小婴儿，不会走，不会思想，不会发育，不会说话。你见过这种孩子吗？你见过吗？"雪珂睁大眼睛不语。"你能想象家里有这样两个孩子的痛苦、压力，和恐怖吗？叶刚从小就在这两个弟弟的阴影底下长大。叶家以这两个孩子为耻辱，羞于对外承认，把两个孩子关在一间小屋里，虽然请了专人照顾，这两个孩子依旧都只活到十几岁。叶刚对这两个小弟弟，又爱又怜又怕又恨，这种感情很矛盾，他说念小学时，同学都不理他，像躲避麻风病人一样躲避他，说他是怪物的哥哥，说他会'传染'。哦，叶刚有个不堪想象的童年。每次他和我谈起这件事，他都会浑身发抖。哦，他怕得要死，他真的怕得要死！"

雪珂傻住了，呆住了，愣住了。她直直地盯着忆屏，这些事，叶刚居然没有对她提过一个字。她心里有一点点明白了。"叶刚的两个弟弟，给叶家留下了一个疑团。到底是什么因素，会连续生下两个不正常的孩子？医生说，原因有两种，一个是基因遗传，一个是高龄产妇。但是，叶刚的母亲怀孕时才只有二十几岁，当然不算高龄。而她本身就不健康，结论变成遗传的因素占最大。你懂吗？"她瞪着雪珂，深刻地问，"你懂了吗？"雪珂呆呆地站着，闻所未闻地听着这些事。她一眨也不眨地紧盯着忆屏，咽着口水。嘴里又干又涩，好像全身的水分都在这片刻间被抽光了，连舌头都发干了。雨雁坐在藤椅里，满脸的苦恼，满脸的无可奈何，但是，她的眼睛也逐渐地湿了。"哦，雪珂，你们不知道，叶刚精神上的痛苦会多么沉重！叶刚从懂事就开始害怕，他从不认为自己是个正常的男人！他去看过医生，验过血，医生们异口同声，都说脑性麻痹的遗传性实在很小很小，叶刚应该是正常的，医生无法从血液或任何科学技术中查出叶刚有没有遗传因子。可是，叶刚不能除去他弟弟们的形象，不能除去他自己有这个遗传基因的可能性。噢，雪珂，他是那么热情的，他爱起来是那么疯狂的，可是，他怕到不敢和他爱的女人上床！"

雪珂傻傻地听着，心脏开始痉挛起来，痉挛起来，痉挛得那么痛楚，那么痛楚，她额上冒出冷汗来了。

"我和叶刚从认识到相爱，"忆屏继续说下去，声音平静了一些，"是段艰苦的心路历程，那时，叶刚已经学会用独身主义来武装自己，学会一套反婚姻的哲学。但是，爱情来得那么强烈，我们在争争吵吵离离合合中挣扎，那时，叶刚还年轻，保密的功夫并不很到家。我终于知道他心中的结，和他的恐惧了。我终于知道他之所以不能面对婚姻的原因了。我决心要治好他，于是，我跟他同居了。我告诉他我吃避孕药，不会有孩子，他相信了我，有一阵，我们几乎活得很好了，几乎像一般恩爱夫妻那样幸福了。他也不再说刻薄话来让我灰心，也不故意侮辱我，来赶我走，我们甚至计划结婚了。这时，我怀孕了。"雪珂震动，雨雁悄然抬头，忆屏脸上的血色没有了。

"我的怀孕造成我们之间最大的裂痕，他气得快疯掉，坚持要我拿掉小孩。可是，我那么渴望一个孩子，他和我的孩子，知道怀孕的第一天，我就已经爱死那个孩子了。我不肯拿，说什么也不肯拿掉。我去看了几十个医生，所有医生告诉我，他的恐惧毫无医学根据，我不会生畸形儿，也不会生白痴。但是，叶刚怕死了，真的怕死了，他骂我、命令我都没有用，他就转而求我，他说，如果孩子不正常，会要了他的命，会毁掉他所有的自信，剥夺他爱与被爱的权利。甚至，作为一个人的权利。他说，如果我坚持要生这孩子，他马上和我分手。哦！"她喘了口气，"雪珂，我前面告诉你的故事是假的，不是他离开了我，而是我在这时离开了他。我远远地跑到花莲去住，躲在那儿，等着生产，我要抱着我正常的儿子回来，告诉他他有多傻，治好他心理上的恐惧症。我有把握，那时，一切都会好转，他会从所有阴影里解脱出来，只要有个正常的孩子！"她停下来，再喘口气，她眼底幽幽地闪着光，唇边有薄薄的汗珠。

雪珂屏住呼吸，动也不动看着她。紧张的气氛弥漫在整个室内。"然后，在我生产前十天，叶刚找到了我。从我走后，他就在疯狂地找我，在报上登寻人启事，又到我父母朋友家去闹，最后，他找到了我。我已大腹便便，就快生产了。这时，说什么话都是多余，我们只有等待谜底的揭晓。叶刚每天如坐针毡，喃喃自语，像发了神经病一样，我也非常非常紧张，虽然医生跟我一再保证，实在不太可能有问题。然后，我生产了。"她又一次停下来，仰头看了看天花板，泪珠在她眼眶中激荡，她坚强地不让那泪珠掉下来。雪珂微张着嘴，不敢问那答案，心里乱糟糟的，头脑里昏沉沉的，思想几乎停顿……她只是瞪着忆屏，死死地瞪着忆屏，室内有好一阵的沉寂。

忆屏忽然回过神来了。她拉住雪珂的手，坚定地说：

"跟我来，看看我的儿子！"

"他……他……"雪珂嘴唇颤抖着，话都说不清了，"他不是在……在幼儿园吗？"

"他不在幼儿园，他永远不会去幼儿园！"她回头看雨雁，"雨雁，你以前见过他，要不要再看看他？"

雨雁激灵灵地打了个冷战。

"不。我在这儿等你们。"

雪珂心中冰冷，血液都快凝固了，忆屏拉着她的手，不由分说地向楼上走，她被动地跟着她，想不去也不行。一步一步往上跨，每跨一步，就多一次战栗，每跨一步，就多一分紧张。最后，她们上了楼，停在一扇门前面。雪珂听到一阵奇奇怪怪的"咿咿唔唔"声，像笑，不是笑，像哭，不是哭。然后，忆屏从口袋里掏出一把房门钥匙，插在锁孔中，打开了那扇锁着的门。立刻，雪珂看到了那个孩子。

他在一间空空的房间里，什么家具都没有。他很小很小，看起来只有两三岁大。有颗很古怪的头，他居然没有后脑，整个后脑是平直削下去的！头顶上稀稀疏疏地有几根头发，眼睛向外斜垂着，舌头吐出唇外。他趴在地上，用四肢行走，手指全是短小的、畸形的。嘴里咿咿唔唔地发出怪声。穿着婴儿的衣服，居然还包着尿布。忆屏走了进去，抱起那孩子，把面颊贴在那孩子畸形的头颅上。泪水始终漾在她的眼眶中，她也始终没有让那泪水落下来，她回头看雪珂：

"我把他锁起来，是怕他摔到楼下去，他不会保护自己，常常受伤。医生说，他永远不会进步。"

雪珂觉得背脊上冒着凉气，浑身都竖起了鸡皮疙瘩，胃里一阵翻江倒海的搅动，她简直要呕吐了。她别过头去，不想再看，头里像晕船般晕眩起来。忆屏凝视着她，颤声说：

"你怕看吗？如果这是你的孩子，你会怎样？"

雪珂倒退着靠在墙上，不能想，不敢想。她勉强镇定着自己，勉强要整理出一个思绪：

"医生不是说……不会……不会……"她嗫嚅着，就说不出口畸形儿或白痴的字样。

"医生！"忆屏激烈地答着，"医生能保证的是科学理论，超越理论范围，就只有上帝知道了。到现在医生们也不明白这是什么道理，他们说这只是一种巧合。十几年前，有对夫妇一连生了三个唐氏综合征的婴儿，三次！没有一次逃掉这噩运，每次医生都说不会再来了，却又来一个！逼得这对夫妇完全崩溃，至今，这三个唐氏综合征的孩子还在真光育幼院里。医生们认为不可思议。可是，这种事居然发生！没有道理地发生！没有天理地发生！而且，发生了就发生了！连一丝丝一毫毫挽救的余地都没有！"雪珂再看了一眼那孩子，又慌忙地低下头去。人生能有更惨的事吗？她想不出来，忆屏抱着那孩子的样子，是一幅最凄惨的图画，这种凄惨，胜过死亡。死亡，还是一种结束，这种生命，却是无尽止的折磨。

"你看到我的儿子了！"忆屏又开始说，语音沉痛，"你也看到叶刚的儿子了！你知道当时的情况吗？当医生告诉他孩子是唐氏综合征，当他见到孩子的样子，他几乎完全疯了。他对我吼着说我杀了他了，他狂奔到街上去，被人捉回医院，医生给他打镇静剂，差点要把他送到疯人院去。后来，他父亲赶来把他带走了。我从此就没再见到过他！从此就没再见到！"她咬咬牙，挺了挺胸，那瘦瘦小小的"孩子"像条章鱼般伏在她肩上，"不过，叶家没有亏待我，他们一直按月寄孩子的医药费和生活费来。但，他们全家，也没有任何一个人能面对这孩子。我不怪他们，我一点也不怪他们，有时，午夜梦回，我真恨我为什么要生这个孩子，但是，生命已经降临了，我再也无可奈何了，最悲哀的是，孩子即使是这个样子，我仍然爱他！我仍然要他！所以，雪珂，你知道吗？我这一生，将永远被这个孩子锁住，再也不会、不能去容纳别人！包括那恨我怪我的叶刚在内！这病孩子，就是我未来整个整个整个的世界了。"雪珂不知不觉地抬头看着她了，现在，她已经比较能面对这畸形的孩子了。主要地，她被忆屏所眩惑了，被忆屏那种坚决所感动了，到现在，她才知道，那几乎可以触摸到的忧郁和憔悴是怎么来的。一时间，她忘了自己跟这个故事的关联性，她完全忘了自己了。她眼前只有忆屏，忆屏和她凄惨的故事，忆屏和她凄惨的孩子，忆屏和她凄惨的未来。

"雪珂，我把你叫回来，让你看到故事的真实面，我不知道是做对了还是做错了。至于叶刚，我有太久没有见到他了，但是，我一直知道一些他的消息。最初，他接受过一段精神治疗，因为他差不多完全崩溃了。以后，他出去研究电脑，回来成立电脑设计及销售中心，他的事业蒸蒸日上。但是，他的感情生活，却是一片虚无。"

雪珂不语，苦恼地凝视忆屏，苦恼地思索，苦恼地倾听，忽然又把自己放进故事里来了。

"雪珂，不管你懂了没懂，不管你了解不了解。叶刚这一生，永远不可能摆脱他弟弟和他儿子的阴影了！他怎么敢结婚，他怎么敢要一个家！他怎么敢真正去爱一个女孩子！我就是被他爱的例子！他不敢！尽管他是热情的，是充满诗情画意和了解力的，他却不敢爱。有一阵，听说他流连于歌台舞榭，可是，他决不能在那种女孩子身上得到满足，他心灵上一直追求一份完美，一种雅致的、高贵的、飘逸的、性灵的美！像雨雁。可是，雨雁对他的家庭太清楚，对我也太清楚，雨雁没有让自己陷进去。而你，雪珂，我一看到你，我就知道，叶刚完了。"叶刚完了？雪珂更加苦恼地去看忆屏，心里已经相当明白了，明白得让她心悸而心痛了，但，她仍然苦恼地等待着忆屏的分析。"你，就是他要的那种女孩！他一直在追寻的那种女孩！"忆屏抬高眉毛，眼睛明亮，泪水仍然蓄在眼眶内，"如果他没真正爱上你，就是他和你两个人的幸运，你们逢场作戏一番，再彼此不受伤害地分手！如果你们真正相爱了，哦，雪珂，我不能想，我不敢想。和叶刚恋爱是不能谈未来的，如果你谈了，会要了他的命！当他必须武装自己的时候，他就会变成一只咬人的野兽，而当他咬伤你的时候，他会更重地咬伤他自己……"雪珂听不下去了，她再也听不下去了，忽然间，叶刚就像一张报纸般在她面前摊开来，上面所有的字迹，大大小小，都清清楚楚地呈现着，每个字，每条线，每个标点，都那么清楚，那么清楚！她脑中闪电般忆起那两次的争吵。闪电般忆起当自己长篇大论说要个丈夫，要一群孩子，要个家……他的眼眶也曾一度湿润，他的心也曾深深感动，但是，但是，但是……老天哪！雪珂用手抱住头，老天哪！她对叶刚做了些什么事？孩子，家庭，婚姻，儿孙绕膝！她要他给不起的东西！人生最简单、最起码该拥有，而他却给不起的东西！老天哪！自己还说过些什么？她疯狂地回想，疯狂地回想：你的恋爱是谈出来的！去掉言字旁就没有东西了！哦。叶刚，叶刚，叶刚。为什么不告诉我？为什么不告诉我？为什么让我来刺伤你？叶刚！叶刚！叶刚！她心里狂呼着这个名字，发疯般地狂呼着：叶刚！叶刚！叶刚！转过身子，她冲出那间小屋，往楼下面去。忆屏在后面喊了一句：

"慢点，还有一句话！"

雪珂站住，回过头来。

"如果你爱他，千万不要重蹈我的覆辙！你不能有孩子！不能有个正常的家！"她点点头，平静了，平静得像一湖无风的止水，"好了！你去吧！帮我把大门关好！"

她反身走回室内，立刻，她轻轻地、柔柔地、温温存存地唱起儿歌来了：

睡吧，睡吧，我可爱的宝贝！阿娘亲手，轻轻
摇你睡。

静养一回，休息一回，

安安稳稳，睡在摇篮内！

……

雪珂无法再站立下去，无法再倾听下去，她开始冲下楼
梯，穿过客厅，她飞奔出去。

雨雁像弹簧般跳起来，追出大门，她伸手一把抓住那茫
茫然在街上乱闯的雪珂："你要干什么？""找叶刚去！"她喊
着，痛楚而激烈地喊着，"我要找叶刚去！"

第十七章

雪珂疯狂般找寻着叶刚。

他不在单身公寓里。他不在办公室。他也不在父亲家。狡兔有三窟，他一窟也不在。雨雁一直陪着雪珂，开车送她到各处去找。她们开车去阳明山，不在看灯海的地方；开车去海边山头，不在看日出的地方；开车去音乐城，不在音乐城；开车去常去的餐馆咖啡厅，不在，不在任何旧游之地。

夜来了，雨雁累得垮垮的。

"我送你回家去。"雨雁说，"这样找是毫无道理的，台北市太大了，他可以躲在任何一个角落。这样找，找三天也找不到，办公厅说他好多天都没上班了，他父亲也没看到过他，他可能离开台北，到别的地方去了。"

"不用送我回家，"雪珂下了车，"你回去吧，我一个人在街上走走。""我最好送你回去！"雨雁有些不安。

"不。我保证我很好，我想散散步。你去吧！我爸爸一定在找你了。"她把雨雁推上车子，掉头就走。

雨雁目送她消失在熙来攘往的人群里，消失在那灯火辉煌的街头上，她无奈地摇摇头，开着车子走了。

雪珂独自在街道上无目的地闲逛着，每个孤独的身影都引起她的注意。叶刚，你在哪里？叶刚，你在哪里？叶刚，你在哪里？行行重行行，穿过一条街又一条街。每遇到一个电话亭，就进去分别打三个电话，单身公寓没人接。办公厅下班了，值班职员说他不在。叶家的人答说没回来过。无论打多少电话，都是杳无音信。夜，逐渐深了，街头的霓虹灯一盏盏熄灭，她两腿已走得又酸又痛，进入最后一个电话亭，先打电话回家给裴书盈，只简短地说：

"妈，我很好，不要担心我！"

"你在哪里？"裴书盈焦灼地问。

"不要担心！妈，我很好很好，可能晚些回来，你先睡，别等我！"匆匆挂断电话，再轮流拨另外三个号码。一样。找不到人。她站在暗夜的街头，看着那些川流不息的街车，有叶刚的车子吗？有吗？"众里寻他千百度，蓦然回首，那人却在灯火阑珊处。"好美的句子，好美的意境，好美的"惊喜"！她左一次回首，右一次回首，街道还是街道，街车还是街车，街灯还是街灯。那人不在灯火阑珊处！

最后，她发现自己走进了叶刚的公寓，上了楼，她机械化地走到那间房门口，明知里面没有人，她仍然按了好几下门铃。四周静悄悄的，夜已深，大楼里的住户都重门深锁，她面前这道门也锁着，她走不进去。但是，她已经太累太累了，整个下午到晚上，她"追寻"了几千几万里！几千几万个世纪！叶刚，你在哪里？叶刚，你在哪里？叶刚，你在哪里？她用背靠在门上，身不由己地，她慢慢地滑下来，坐在门前的地毯上。用手抱住膝，她蜷缩在黑暗里，走道上有一盏小灯，刚好光线照不到这儿。她把头倚在门上，她想，我只要休息一下，在最靠近叶刚的地方休息一下。她实在太累太累了，不只身体上的疲倦，还有精神上的疲倦，不只疲倦，还有失望，越来越深的失望，越来越重的失望。叶刚，让我见你！让我见你！让我见你！心中呐喊千百度，那人不在灯火阑珊处！

时间不知道过去了多久，她居然坐在那儿睡着了。

时间不知道过去了多久，叶刚居然回来了。

当叶刚走出电梯，拿着房门钥匙，走到门口，看到雪珂时，他完全呆住了。她蜷缩在那儿，瘦瘦小小的，苍白的脸孔靠在膝上，长发披泻下来，遮着半边脸，密密的睫毛垂着，眉端轻轻蹙着，眼角湿湿的。他的心脏猛地一阵抽搐，他蹲了下去，凝视她，用手指轻轻轻轻地去抚摸她的眼角，泪水沾湿了他的手指。他闭闭眼睛，摇摇头，是幻想！他再睁开眼睛，她仍然睡在那儿，一定睡得极不舒服，她蹙着眉欠动身子，蓦地，她醒了。张开眼睛，她立刻看到叶刚的脸。做梦了，她想，对着梦中的脸笑了。梦里能看到叶刚，还是不要醒来比较好，她立即又闭上眼。泪珠沿着眼角滚下，她唇边却涌着笑，嘴里喃喃低语：

"叶刚，我好像找到你了，好像……"

叶刚心中一阵剧烈的绞痛，眼眶立刻湿了。弯下腰，他抱起雪珂，打开房门，他抱着她往房内走。这样一折腾，雪珂真的醒了。她扬起睫毛，发现自己在叶刚胳膊里，他的那对深邃如海，热烈如火，光亮如灯，漆黑如夜……像森林，像日出，像整个宇宙的眼睛正对自己痴痴凝望。她用了几秒钟的时间，想弄清楚这是真实的，还是自己在做梦？叶刚抱她入房，关上房门，开亮了吊灯。那灯光闪熠了她的眼睛，她把头侧过去躲那光线，一躲之下，她的唇触到了他肩上的衣服，她知道是真的了！顿时，千愁万恨，齐涌心头，悲从中来，一发而不可止。张开嘴，她想也不想，就对他肩头狠狠地一口咬下去，恨死他，恨死他，恨死他！咬死他！咬死他！咬死他！叶刚被她咬得身子一挺，他低头看她，泪水正疯狂地奔流在她脸上，她死命地咬住他，似乎要把他咬成碎块。他不动，心灵震痛着，眼眶涨热而潮湿着，他让她咬，让她发泄，他就是那样抱着她，目不转睛地痴望着她。她松了口，转头来看他了，想说话，呜咽而不能成声，泪水流进头发里，耳朵里……他把她放在床上，坐在床边，他凝视她，拿出一条手帕，为她细细地拭着泪痕。然后，他就蓦地拥紧了她，把她的头压在胸前，让那泪水烫伤他的五脏六腑。

她忽然推开了他，向后退缩着靠在床头上，她满脸泪痕狼藉，头发凌乱地披在胸前，沾在面颊上。她的眼睛，和泪水同时激射出来的，是火焰，能烧毁一切的火焰。水火同源。这是两口深井，两口又是火又是水的深井，叶刚心碎地看着这两口井，淹死吧，烧死吧，死也不悔，死也不悔，死也不悔。"叶刚!"她喊了出来,终于用力地喊了出来,"你这个傻瓜!你这个混蛋!为什么要把你自己变成魔鬼?为什么对我那么凶恶残忍?你不知道你在谋杀我吗?我死了对你有什么好处?你知道你毁掉我对你的印象比任何事都残忍吗?你怎么敢这么做?你怎么敢?你怎么忍心这样做?难道我对你还不够迁就,还不够认真,还不够知己吗?你有任何痛苦,你自己去承受,我连分担的资格都没有吗?你骂我,你贬低我,你侮辱我……你以为这样我就撤退了,从你生命里隐没了,你就没有牵挂,没有负担,没有责任感了吗?好!"她任性地一甩头,跳下床来,往那落地大窗冲去,"我跳楼!我死掉,看你是不是就解脱了!"她毫不造作地推开窗子,夜风扑面而来,吹起了她一头长发。她往阳台上冲去,叶刚吓坏了,扑过去,他死命抱住她,拖回床上来,她挣扎着,还要往那落地大窗跑,于是,他迅速而狂乱地把嘴唇压在她唇上。

片刻,他抬起头来,苦恼而热烈地盯着她,眼神里是无边无尽的凄楚和怜惜。"你怎么会在这儿?"他低哑地问,"我已经好几天没回这里了,我知道你在找我,办公厅的职员说的,他们说你打了几十个电话了。你知道吗?我回到这儿来只是想静一静,考虑我要不要打电话给你,或者是……"他深深地蹙拢眉头,"一走了之。"她惊悸地抬眼凝视他,这才发现他根本不知道她见过杜忆屏了,根本不知道他所有的底细,所有的苦衷,她都明白了。他只是从家里和办公厅里,知道她在找他,以为她是在感情上又一次的屈服,以为她不过是"委曲求全"而已。"一走了之?"她问,"你要走到哪里去?"

"美国。""哦,美国。"她点点头,"美国不是天边,美国只是个国家,现在人人可以办观光证件,去美国并不难!你以为到美国就逃开我了吗?我会追到美国去!"

他盯着她,眼睛湿润,眼珠浸在水雾中,那么深黝黝的,那么令人心动,令人心酸,令人心痛!

"雪珂!"他费力地念着这名字,"我值得吗?值得你这样爱吗?我那天说了那么多混账话以后,你还爱我吗?我值得吗?"她坐在床上,静静地看着他。好一会儿,她没说话,只是那样长长久久,痴痴迷迷地注视着他,这眼光把他看傻了,看化了。他狼狈地跳起来,去倒开水,把杯子碟子碰得叮当响,他又跑去关窗子,开冷气,弄得一屋子声音,折腾完了,他回到床边。她的眼睛连眨都没眨,继续痴痴迷迷地看着他。他崩溃了。走过去,他在床前的地毯上跪了下来,把双手伸给她,紧握住了她的手。"我不知道为什么会说那些话,"他挣扎着,祈谅地说,"我一定是疯了!我偶尔会精神失常一下,自己都不知道在做什么……""哦,你知道的,你故意说的。"雪珂轻声说,坐到床沿上,把他的脑袋捧在自己膝上,让他靠住自己。一时间,她有些迷糊,有些困扰,有些害怕……是的,害怕,她真的害怕。她想说出他的心事,她想揭穿所有谜底,但是,突然间,她害怕起来了。这么久以来,从相识到相恋,他用尽各种方法去防止她知道他的过去,甚至不带她去见他的父亲,他的家人。他宁可把自己变得那么可恶,也不肯说出自己的苦衷。他那么处心积虑地隐瞒，她能说破吗？她能吗？她正在犹豫不定中，他已经苦涩而不安地开了口："我不是故意的，我不会故意去伤害你。每次让你伤心，比让我自己伤心还痛苦一百倍！说过那些混账话，我就恨不得把自己杀了，千刀万剐地杀了！哦！"他痛楚地叹息，"雪珂，我不知道怎么办，你问我要不要你，你不了解，你不了解……我多想要你！多疯狂地想要你！生命里没有你，似乎也没什么意义了！你不了解……"

"我了解了！"她冲口而出，再也控制不住自己。真正相爱的人不能有秘密，真正相爱必须赤裸裸相对。她忘了害怕，忘了恐惧，忘了人性中，对自身缺憾的"忌讳"，她忘了很多很多东西，很多她还不能体会的，人类心灵深处的奥秘。她冲口说出来了："我都了解了，叶刚，我见过了杜忆屏。"

他大大一震，立刻抬起头来，他的脸色顿时变成灰色，他的身子僵住了，眼光僵住了，脸上的肌肉僵住了……他坐在地毯上，直视着她，整个人都成了"化石"。

她有些心慌了，握住他的手，他的手也像石头般僵硬，所有的肌肉都绷得紧紧的。她急促地去摸索他的手指，急促地去摸他的头发，急促地去摸他的面颊，急促地一口气地说："我不在乎，我什么都不在乎。你懂吗？叶刚，我知道你怕什么了，我知道这些日子来，你是怎么又矛盾又痛苦地活着了！叶刚，你听我说。没关系，什么都没关系，你还是有资格恋爱，你还是有资格结婚的！你所怕的事，是我们每个人都会怕的。但是，可以不要孩子，可以不生的，不管医生怎么说，只要抱定不生孩子，就什么问题都没有了，是不是？

叶刚？叶刚！叶刚！叶刚！"她焦灼起来，摇他的手，摇他的肩膀，摇他，拼命地摇他，"你听我说，叶刚，我爱你，我要跟你生活在一起！我不会重蹈杜忆屏的覆辙……"

叶刚忽然跳起来了，他凶暴地拂开她的手，他一下子就暴跳起来了，他的眼白涨成了红色，他的脸孔像死人一样煞白煞白，他的嘴唇也毫无血色，他抓住了她的胳膊，用力地，狂猛地，把她从床上直拎了起来，他咬牙切齿，悲愤万状地喊了出来："你为什么要去见她？你为什么一定要撕开我的皮，去研究我的骨骼？谁给了你这个权利？谁允许你这样做？你掀开了我所有的保护色！你见到了我最不能面对人生的一面！老天！"他仰天狂叫，"这是爱吗？这是爱吗？这是爱吗？你还敢说你爱我吗？""哦，我爱的！我爱的！我爱的！"她一迭连声地嚷出来，吓坏了，吓呆了。而且，后悔万分了。不该说穿的！不该说穿的！原来，他这么怕这件事！原来，他所受的打击和创伤有这么重！她慌乱地去抱他，去触摸他，去吻他，去拉他，嘴里急急切切地喊着："不要怀疑我，如果不是太爱你，我不会去追究！可是，我说了我不在乎的，我不会为了这个而轻视你！我不会的……""可是，我会！"他大叫，对着她的脸大叫，他的眼珠突了出来，声音像爆竹般炸开，每个炸裂中都迸着痛楚和绝望，"我会在乎！我会轻视我自己！你不懂吗？"他用力推开她，把她推倒在床上。他绕室行走，像只被关在笼子里的困兽，他用手扯自己的头发，跺着脚暴跳。"现在你知道了，现在你什么都知道了！我不是反婚姻，我是没有资格谈婚姻！没有资格爱，没有资格生活，没有资格要一个家！我努力伪装的自尊，我努力伪装的正常，都没有了！你把我的皮全剥掉了！你，你，你！"他停在雪珂面前，目眦尽裂，"你为什么要拆穿我？你为什么要拆穿我？你为什么不放弃我？你为什么要这样做……"他的声音哑了，绝望和悲痛扭曲了他整个脸孔。雪珂完全傻住了。"我说了我不在乎，"她只会重复讲这句话，"我保证不在乎，真的！真的！叶刚！你试我，你试我，我不在乎！我要嫁给你，我要跟你一起生活……"

"住口！"他大喊，"你怎能嫁给我？你要一个温暖的家，你要很多孩子，你要子孙满堂……你能不能想象满堂子孙，倒吊着眼睛，吐着舌头，像肉虫子般爬在你面前……"

"别这样说！"雪珂尖叫，用双手蒙住耳朵。

"哈哈哈哈！"叶刚仰头狂笑，泪水从那大大的、男性的、坚强的眼睛里滚落了出来，"你受不了！我只是说一说，你已经受不了！你，一脑子诗词，一脑子文学。现在你该知道，不是诗，不是文学，不是艺术！有人生下来就注定是丑陋的，岂止丑陋，而且残忍，谈什么今生，谈什么来世！哦，不美不美！一点都不美！这是最最残忍的事！雪珂，你怎会不在乎，我在乎！事实上，你也在乎的！你是这么母性又这么温柔的，你是这么热情又这么善良的！你是这么美丽又这么优秀的！你是这么文雅又这么高贵的……你是所有优点的集中，你让我爱得发疯发狂！可是，我不能毁你！我曾经毁过一个女孩！一个也像你这样优秀的女孩，我再也不毁第二个！雪珂，你知道吗？"他提高了声音，声音中在滴血，"上帝给你生命，是叫你延续的！上帝给我生命，是叫我断绝的！我没有未来！你才有未来！我已经后悔过千遍万遍，不该招惹你，不该爱你，不该放任我的感情，我恨自己，恨死自己，为什么居然做不到不去爱你！不去接近你！哦，雪珂。你现在知道了，我不是个人，我是个恐怖的动物……"

"叶刚！"雪珂再尖叫，泪水也夺眶而出，"你不能这样想，你不是的，你也是优秀又美好的……"

"闭嘴！"他再喊，"不要对我用优秀和美好这种词！这种词会像刀子一样刺到我心里去！我跟你说！我什么都不是！你只要看过那个孩子，你就会知道，那孩子，只有半个脑袋，垂吊着眼睛，吐着舌头，一辈子不会说话，不会长大……"他用双手恐怖地抱住了自己的头，闭紧了眼睛，似乎努力要摆脱那记忆。但是，他摆脱不了，跳起身子，他抱着头满屋子跌跌撞撞地冲着。雪珂跳下床来，惊慌而痛楚万状地去抓他的手，哭着喊："不要这样！不要想了，不要想了！"

"别碰我！"他厉声大叫，"永远不要碰我！永远不要碰我！永远不要碰我！"他推开她，忽然间，像个野兽要找出路一样，冲到房门边，打开大门，他往外冲去。雪珂跟在后面，哭着追出去，哭着喊着："叶刚！你去哪里？叶刚！你去哪里？""逃开你！"他头也不回地喊着，"逃开你！"

他冲进了电梯。她追进另一架电梯。

他从电梯里出来，奔向大街，她哭着在后面追，叶刚冲到大街上，立刻，他钻进了他的车子，她在后面哭着叫：

"叶刚！回来！叶刚！不要！"

车子"嗯"的一声发动了，箭似的冲向那暗夜的街道，雪珂站在马路边，满脸的泪，张大眼睛，瞪视着那像醉酒般在街道上S状横冲直撞的车子，她徒劳地喊着：

"小心……小心……叶刚！叶……叶……"

她的声音僵在夜空中，她眼看对面开来了辆载满货物的十轮大卡车，那卡车有一对像火炬般的眼睛，正飞快地从对面驶过来。叶刚那醉酒的小车子，就迎着那辆大卡车，不偏不倚地撞上去。"叶——刚！"她的声音和那车子的破裂声同时在夜色里凄厉地狂鸣着。她觉得自己的声音，已经喊到了太空以外。而叶刚那辆小车，就像一堆积木一样，在她眼前碎裂，碎裂，碎裂……碎裂开来。她闭住了嘴，不再喊叫，双腿软软地跪下去，她低语了一句："叶刚，经过了那么多打击，你最后却被我杀了。"

她倒下去，什么意识都没有了。

第十八章

叶刚死了。叶刚死了。叶刚死了。雪珂坐在床上，拥着被，呆呆地望着窗子。窗外在下雨，是冬天了。总不记得叶刚撞车出事是什么季节的事了，时间混淆着，好像是昨天，好像已经是几百年了。总之，现在在下雨，玻璃窗上，细碎的雨点聚集成一颗颗的大水珠，然后就滑落下去，滑落下去，滑落到下面的泥土上，再渗入泥土，地下水就这样来的。有一天，地下水会流入小溪，小溪流入大河，大河流入大海，水汽上升，冷凝而又成雨。周而复始，雨也有它的轨迹，从有到没有，从没有到有。人的轨迹在哪儿？你不想来的时候就来了，莫名其妙就走了，死亡就是终站，不再重生！不再重生！

她用手抱着膝，把下巴放在膝上，就这样呆呆坐着，呆呆想着。客厅里，传来父母的争执声，原来，徐远航来了，怪不得母亲不在身边。"书盈，你必须理智一点，"父亲的声音里带着无可奈何，"半年了！任何打击，在半年中都可以治好了。但是，她一点起色都没有，还是这样不吃不喝不笑不说话也不哭！你能让她哭一场也好！她连哭都不哭！我跟你说，你不要舍不得，她必须送医院接受治疗！""不。"裴书盈的语气坚决，"她是我的女儿，你让我来管。我不送她去医院，不送去接受精神治疗，她并没有疯，她只是需要时间来恢复，需要时间来养好她的伤口。你没有天天陪着她，你看不出她的进步。事情刚发生的时候，她完全听不到，完全看不到，现在，她已经能听、能看、能感觉，也会对我说抱歉……她在好起来，在一天一天地好起来，像个冬眠的动物，从出事那天起，她就让自己睡着，现在，她已经慢慢地醒过来了。哦，远航，二十几年以来，你付给雪珂的时间不多，现在，你不要再逼我，你让我陪她度过这段痛苦时间，好吗？""你在怪我吗？"徐远航问，"你不知道我也爱她吗？你不知道我在害怕吗？我怕她从此就变成这样子，一辈子坐在床上发呆！""不！她会好起来！"裴书盈坚决地说。

"书盈，现代的医生已经可以治疗精神上的打击了！你的固执会害了她！""我不会害她！她正在醒过来，总有一天，她会完全渡过难关的！""总有一天是哪一天？"徐远航有些急怒，"你瞧，叶刚已经……""嘘！"裴书盈急声"嘘"着，阻止徐远航说出叶刚的名字，这一"嘘"，把徐远航下面的话也嘘掉了。

叶刚。雪珂坐在床上，听着门外的争吵。叶刚，她想着这名字，一遍又一遍地想着，像风中的回音，叶刚，叶刚，叶刚。叶刚死了。她把头埋进膝中，闭上眼睛，静静地坐着。静静地体会着这件事实：花会谢会开，春会去会来，芦苇每年茂盛，竹子终岁长青。太阳会落会升，潮水会退会涨，灯光会熄会亮……人死了永不复活！她很费力地，一天又一天，一月又一月，在用全身心去体会什么叫生命的终止。事实上，她的思想始终在活动，只是，她的意志在沉睡，她不太愿意醒过来，因为，叶刚死了，死去的不会再醒来了。

冬天过去了，春天又来了。

雪珂的意志仍然在沉睡着。徐远航变得几乎天天来了。每天来催促裴书盈送雪珂去医院，每天两人都要发生争执。裴书盈的信心动摇了，态度软化了，看到雪珂不言不语不哭不笑，她知道这孩子的伤口还在滴血，她恨不能代她痛苦，代她承受一切。但是，不行。生命的奇怪就在这里，每个生命要去面对属于他自己的一切：美的，不美的，好的，不好的。

或者，雪珂的下半辈子会在精神疗养院里度过。想到这儿，裴书盈就心惊肉跳而冷汗涔涔了。那么，她就不如当初和叶刚一起撞车死掉还好些。她每天每天看着雪珂，心里几千几万次呼唤：醒来吧！雪珂！醒来吧！雪珂！

这样，有一天，忽然有个人出现在裴书盈面前，一身军装，官阶少尉，被太阳晒得乌漆麻黑，一副近视眼镜，长腿长脚……那久已不见的唐万里！别来无恙的唐万里！"我好不容易，才被调到台北来，"唐万里急切地说，"再过半年，我就退役了，学校把我们的资历送到各有关机关，华视要用我去主持一个综艺节目，信吗？好了，伯母，从今天起，我可以在下班后天天来看雪珂了。她不是你一个人的负担了。"他收起笑容，正色道，"我给她的信，我相信她看都没看！她还是老样子吗？"

裴书盈含泪点头。在叶刚出事后的一个月内，唐万里曾经两度请假，千辛万苦跑回台北，那时，雪珂正在最严重的阶段，她对任何人都视而不见，唐万里只为她办好一件大家都忽略的事：去学校帮她办了一年休学手续。他说：

"不能丢掉她的学籍，等她好了的时候，她还需要用她所学的，去面对这个社会，去觉得她自己是个有用的人！"

现在，唐万里终于回来了。

裴书盈看看卧室的门，示意叫他进去。

唐万里毫不迟疑地推开门，大踏步地走了进去。雪珂正坐在床上，拥着棉被发怔，她的头发被母亲梳理得很整齐，面颊洁白如玉，双眸漆黑如夜。她在沉思着什么，或者在倾听着什么。唐万里瞪着她，不相信她没有听到自己在客厅说话的声音。"雪珂！"他喊。她回头看他。唐万里心脏怦然一跳，她进步太多太多了。她听见他叫她了！她知道"名字"的意义了！她能思想，能看也能听了。只是，她的意志还在抗拒"苏醒"。

他走过去，坐在床边，推了推眼镜片，他认真地、仔细地看到她的眼睛深处去，灵魂深处去。"很好，雪珂！"他点点头说，"你认得我，对不对？唐万里，七四七，那个在游泳池边救你的人！不要转开眼睛，看着我！"他用手提住她的下巴，那下巴瘦得尖尖的，他强迫她的脸面对着自己，看着这张小小的脸庞，看着这张瘦弱的脸庞，想着那挺立在阳光下，绽放着青春的光彩的女孩……他忽然间生气了，非常非常地生气了，他扬着眉毛，不假思索地，他对着这"半睡眠状态"的脸孔大声叫了起来：

"裴雪珂！你还不醒过来，你要干什么？让你父母把你送到精神病院去吗？你看过所谓的畸形儿，你看过痴呆症，而你，也想加入他们，去当一个'植物人'吗？"

雪珂一听到"畸形儿""痴呆症""植物人"等名词，她就尖叫了起来，一面尖叫着，一面想推开唐万里。嘴里乱七八糟地嚷着："不不不，不要说！不要说！"

裴书盈冲进房来，站在门口，她紧张地望着室内。

唐万里用双手压住雪珂挥动的手，他激动地、更大声地、一句一句地对她继续吼着：

"你这样坐在床上，一坐半年多，像个废物！你怎么能对你母亲这么狠心？她只是生了你，就该欠你一辈子债，服侍你一辈子吗？你又不缺胳膊又不缺腿，你真比一个畸形儿好不了多少！你给我醒过来！醒过来！醒过来！"他疯狂地摇撼她，摇完了，又面对她，"听着！雪珂！叶刚已经死了！已经死了！他的人生已经结束了。但是，你的人生还没有！你知道叶刚为什么会死吗？因为他已经生不如死了，他活着一天，就会爱你一天，这种爱变成他刻骨铭心的折磨，他不能给你幸福，又无法抛开你，他爱你，又恐惧害你！他不见你，会疯狂地想你，见了你，又疯狂地想逃开你……这种矛盾，这种折磨，使他不如去死，不如去死！你懂了吗？你懂了吗？"他狂烈地叫着，"当一个男人，面对自己的爱人，而他没有力量去保护，没有力量去给予，也没有力量去拥有，更没有力量去计划未来……哦，这男人的生命就已经结束了！所以，雪珂，你没有杀死他，他早就死了！在遇到你以前，他已经死过一次了。遇到你以后，他不过是再死一次！这对他可能是最仁慈的事！死亡是一种结束，懂吗？它结束了一个悲剧，就是最仁慈的事了！想想看，他跟你在一起的时候，有过欢乐吗？他一直在痛苦中，现在，他不会痛苦了，再也不会痛苦了。雪珂，我告诉你，当他开着车子横冲直撞的时候，我打赌他已经不是活人了！你懂了没有？懂了没有？"他又拼命地摇撼她，摇得她头发都乱了。然后，他盯着她看，她坐在那儿，眼睛睁得大大的，眼珠轻轻地转动着，每转一下，就湿一分，每转一下，就润一分。半年以来，她没哭过，现在，眼泪却在她眼眶中转动着了。

"听着！"唐万里继续对她吼叫，"叶刚死了，你没有道理跟着他死！你现在这样坐在这里，像个活尸！你在折磨你父母！折磨我！老天！我唐万里倒了十八辈子霉，会遇到你！难道你给我吃的苦还不够！难道我也该了你，欠了你！难道你也忍心让我死掉！如果你再这样下去，让我看着心痛，想着心痛……我不如也死掉算了！大家都去死吧！集体自杀吧！你安心让我们都不能活！"他跳起来，夸张地转头，四面找寻，"刀子呢？拿把刀子来！拿把刀子来！我唐万里反正栽了！爱一个女孩把自己爱得这么惨，她坐在那儿视而不见！我还有什么分量？还有什么力量？她心目里只有另外一个名字，我活着也不如死了！谁叫我这样发疯地去爱她啊？谁教我这样傻这样呆啊？雪珂！"他站定在床前，终于剧力万钧地喊了出来，"千言万语，只有一句话！你给我醒过来！醒过来跟我一起去面对人生，面对未来！因为我爱你，我要你，我离不开你！我不能让人把你送到疗养院里去！你给我醒来！醒来！醒来！"雪珂仰脸看他，脸上逐渐有了表情，呼吸逐渐急促，眼眶逐渐湿润……终于，她张开嘴，"哇"的一声痛哭失声，她哭着扑进唐万里怀里，这是叶刚死后她第一次哭，她抱着唐万里的腰，边哭边喊："唐万里，唐万里，唐万里……"

她反复叫着唐万里的名字。唐万里紧紧拥抱着她，眼泪也掉下来了。站在一边的裴书盈，眼泪也掉下来了。但是，这一刻是美好的，生命的复苏往往就需要几滴水珠。唐万里吻着她的头发，吻着她湿湿的面颊："哭吧！雪珂。"他喃喃地说："让我陪你一起哭。哭够了，让我陪你一起面对以后的日子。路还那么长，我们要一起去走，一起去走！"

第二年暑假，雪珂补修完了她大四的课程，终于毕业了。

考完最后一门课，她知道学业已经完成了。那天，唐万里不能到学校来陪她，他正在电视公司，录制一个大型综艺节目，唐万里自己，也在节目中自弹自唱。所以，一考完试，雪珂就赶到了电视台摄影棚。整个摄影棚爆满，台上台下都是人。唐万里在台上忙着，看到她，他给了她一个深深的注视，用口型说了三个字："我爱你。"没人看到，没人听到，除了她。她退到来宾席，找了个位子悄悄坐下。看着舞台上打灯光，于是，忽然间，她惊讶地发现，阿文、阿光、阿礼都来了。他们"巨龙"合唱团又聚在一起了。灯光打好，干冰的效果涌了出来，巨龙站在舞台正中，唱了一首久违了的《阳光与小雨点》。观众席上掌声雷动，唐万里对大家弯腰，掌声更响了，然后，他说："唱完了老歌，让我为大家唱一首新歌。"

灯光全暗。然后，一盏灯出现了，两盏灯出现了，三盏灯出现了……无数无数的灯出现了，舞台成了灯海，闪烁着点点光芒。唐万里就站在灯里夜里灯海里，开始唱一支歌：

> 灯光点点，闪闪烁烁，
>
> 盏盏灯下；有你有我，
>
> 昨夜之灯，照亮过去，
>
> 今夜之灯，伴我高歌，
>
> 明日之灯，辉煌未来，
>
> 后日之灯，除我坎坷！
>
> 灯光万点，闪闪烁烁，
>
> 盏盏灯下，有你有我，
>
> 且把灯光，穿成一串，
>
> 过去未来，何等灿烂！
>
> 且把灯光，穿成一串，
>
> 过去未来，何等灿烂！

他唱完了，对观众点首为礼，大家疯狂地鼓着掌。那些道具灯一闪一闪地亮着，一串一串地亮着，一盏一盏地亮着……雪珂的眼光停在唐万里的身上，他也是一盏灯，一盏发亮的灯。唐万里走下台来了。雪珂情不自禁地迎上前去，伸手给他，紧紧地握住了他的手。他们相对凝视，都带着种虔诚的心情。灯，他们在彼此眼底深深体会到灯的意义，他们都是灯，万千灯海中的两盏小灯，彼此辉耀着对方，彼此照亮了对方，彼此温暖着对方。灯，永不熄灭的灯。每一盏灯后，有一个故事。

灯，永不熄灭的灯。人生，就是由这些灯组成的。

灯，永不熄灭的灯。由过去到未来，永远在亮着，永远，永远，永远——

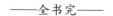

——全书完——

一九八一年十一月卅日夜初稿完稿于台北可园
一九八二年三月一日深夜初稿修正于台北可园
一九八二年三月五日午后再度修正于台北可园

（京权）图字：01-2025-0195

图书在版编目（CIP）数据

昨夜之灯 / 琼瑶著. -- 北京：作家出版社，2025.1.
（琼瑶作品大全集）. -- ISBN 978-7-5212-3236-3

Ⅰ. I247.5

中国国家版本馆 CIP 数据核字第 20255ZT223 号

昨夜之灯（琼瑶作品大全集）

作　　者：琼　瑶
责任编辑：张　平
装帧设计：棱角视觉　纸方程·于文妍
责任印制：李大庆　金志宏
出版发行：作家出版社有限公司
社　　址：北京农展馆南里 10 号　　　　邮　　编：100125
电话传真：86-10-65067186（发行中心）
　　　　　86-10-65004079（总编室）
E-mail: zuojia@zuojia.net.cn
http://www.zuojiachubanshe.com
印　　刷：北京盛通印刷股份有限公司
成品尺寸：142×210
字　　数：115 千
印　　张：5.5
版　　次：2025 年 1 月第 1 版
印　　次：2025 年 1 月第 1 次印刷
ISBN 978-7-5212-3236-3
定　　价：2754.00 元（全 71 册）

品 琼 瑶 经 典

忆 匆 匆 那 年

琼 瑶 作 品 大 全 集